KB076878

국어 선생님의 역사 수업

시로 쓰는 한국 근대사 ❷

국어 선생님의 역사 수업

시로 쓰는 한국 근대사 ❷

2012년 8월 20일 제1판 제1쇄 인쇄
2012년 8월 27일 제1판 제1쇄 발행

지은이   신현수
펴낸이   강봉구

기획   강봉구
책임편집 김윤철
마케팅   윤태성
디자인   디자인시
제작   (주)아이엠피

펴낸곳   작은숲출판사
등록번호 제313-2010-244호
주소   121-894 서울시 마포구 합정동 367-9
전화   070-4067-8560
팩스   0505-499-8560
홈페이지 http://littlef2010.blog.me
이메일   littlef2010@naver.com

© 신현수

ISBN 978-89-97581-01-6   44810
      978-89-965430-7-7(세트)
값 14,000원

※이 책은 저작권법에 따라 보호받는 저작물이므로 무단 전재와 무단 복제를 금합니다.
※이 책의 전부 또는 일부를 이용하려면 반드시 저작권자와 '작은숲출판사'의 동의를 받아야 합니다.

이 도서의 국립중앙도서관 출판시도서목록(CIP)는 e-CIP 홈페이지(http://www.nl.go.kr/ecip)와 국가자료공동목록시스템(http://www.nl.go.kr/kolisnet)에서 이용하실 수 있습니다. (CIP 제어번호 : CIP2012003631)

국어 선생님의 역사 수업

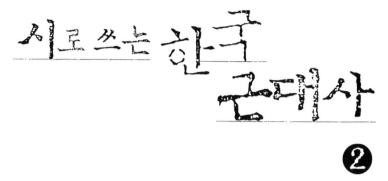

시로 쓰는 한국
근대사

2

신현수 지음

작은숲

1   나는 지금 사진 한 장을 보고 있습니다. 일본 군인들에게 강간을 당한 후, 목이 잘린 채 나체로 나뒹구는 젊은 여성의 사진입니다. 교육문예 창작회 여름 연수차 목포에 갔다가 목포 근대역사관 2층에 전시되어 있는 사진을 찍어 왔습니다. 너무 참혹하고 충격적이어서 밥을 못 먹을 정도였습니다. 이 사진 뿐만이 아닙니다. 일본군들의 성 노예로 끌려간 위안부들의 짐승 것만도 못한 숙소, 내장이 모두 밖으로 쏟아져 나와 있는 생체 실험 사진 등 차마 눈 뜨고 보기 어려울 정도의 사진들이 부지기수입니다.

나는 생각했습니다. 목이 잘린 채 죽어 간 여성에게 '나라'는 대체 무엇이었을까? 하루하루를 지옥 속에서 살았을 종군 위안부들에게 도대체 '국가'는 무엇이었을까?

오늘날 '민족'이란 개념은 이미 한물 간, 철 지난 시대착오로 취급당하지만, 우리 민족에게 '민족'은 여전히 중요한 화두 중의 하나임에 틀림없습니다. 왜냐하면 강제 징용 문제, 위안부 문제 등 일제 강점기에 일제가 우리에게 저지른 잘못들이 제대로 해결된 게 하나도 없기 때문입니다. 아니 해결되기는커녕 오히려 역사의 수레바퀴를 거꾸로 돌리려는 세력이 아직도 이 '나라'를 좌지우지하고 있는 게 우리나라의 현실입니다.

얼마 전 대한민국 정부는 한일 군사정보 보호협정을 국무회의에서 의결하면서 일부러 목록에서 누락시키고, 사후에도 공개하지 않는 등 철저하게 밀실 행정으로 처리하려고 했습니다. 그러면서 '실수로 비공개했다.', '아직 처리하지 않았다.', '중요성을 몰랐다.'는 등의 해괴한 거짓과 변명과 궤변으로 일관했습니다. 협정대로라면 유사시 일본 자위대가 우리나라에 진주할 수 있는 엄청난 일인데도 말입니다. 일본 군인이 우리나라에 또 다시 진주하는 것은 어느 외국의 군대가 들어오는 것과는 절대 비교할 수 없을 정도의 충격적인 일인데도 말입니다.

2   영국의 근대는 산업 혁명과 함께, 프랑스의 근대는 프랑스 혁명과 함께 시작되었지만 우리의 근대는 안타깝게도 일본과 함께 들어왔습니다. 근대의 상징인 서양의 기관차는 사람들을 편리하게 해 주는 문명의 도구였

지만, 우리에게는 일제가 우리나라의 물산을 약탈해 가기 위한 도구에 불과했습니다. 그래서 독립운동가들은 기관차와 철도를 파괴하는 일에 목숨을 걸었던 것입니다. 사실이 이러한데도 오늘날 역사학자들 중에는 일제가 우리를 근대화시켰다는 둥 잠꼬대 같은 헛소리를 하는 이들이 있으니 참으로 통탄할 노릇이 아닐 수 없습니다.

우리의 근대는 안타깝게도 새로운 세상이 열린 것이 아니라, 외세에 의한 침탈 과정이었습니다. 참으로 '슬픈 근대'였습니다. 특히 일제 강점기는 우리 민족에게는 통한의 암흑 시대였습니다. 말도 빼앗기고, 정신도 빼앗긴 시대였습니다.

더구나 친일파들이 우리를 더욱 슬프게 했습니다. 이 책에 나와 있는 친일파들의 글을 읽다 보면 화나는 일이 한두 가지가 아닙니다. 특히 서정주, 이광수 등과 같은 문인들과 지식인들의 친일 행위는 그들의 명성이 지니고 있었던 파급력 면에서 그 죄가 더욱 무겁다고 할 수 있습니다.

지난 일을 자꾸 끄집어 내서 좋을 게 무어냐고 따지는 분들도 있습니다. 그러나 제 생각은 다릅니다. 지난 시절의 공과를 분명히 해야 우리 역사에서 비슷한 일이 다시 반복되지 않을 것입니다. 그것이 바로 우리가 역사를 공부하는 이유이고, 이 책을 읽어야 할 이유입니다.

3   〈시로 쓰는 한국 근대사〉 1권에 이어 2권을 펴냅니다. 어려운 출판 환경 속에서도 용기를 잃지 않고 꾸준히 좋은 책을 펴내, 작은 '책의 숲'을 만들어 가고 있는 작은숲출판사 강봉구 대표에게 고마운 마음을 전합니다.

2012년 8월 15일

부광고등학교 교무실에서

신현수 씀

2장 오욕의 역사

3장 한겨울에도 꼿꼿하게 살아 있는 나무

4장 일제 강점기의 풍경

1장

자기 땅에서 쫓겨난 백성

국어 선생님의 한국 근대사 강의 나라 잃은 백성의 설움, 유이민

이상화

가장 비통한 기욕祈慾
─간도 이민을 보고

'간도 이민을 보고'라는 부제가 말해 주듯 일제의 수탈과 억압을 견디지 못하고 생존을 위해 간도와 요동으로 떠나는 유이민들의 고통을 통해 당대의 암울했던 현실 상황을 극명히 보여 주고 있는 작품이다.

아, 가도다 가도다 쫓아가도다
잊음 속에 있는 간도와 요동벌로
주린 목숨 움켜쥐고 쫓아가도다
진흙을 밥으로 햇채*를 마셔도
마구*나 가졌더면 단잠은 얽맬 것을

사람을 만든 검*아 하루 일찍
차라리 주린 목숨 뺏아가거라

아, 사노라 사노라 취해 사노라
자폭自暴 속에 있는 서울과 시골로
병든 목숨 행여 갈까 취해 사노라
어둔 밤 말없는 돌을 안고서
피울음을 울더면 설움은 풀릴 것을
사람을 만든 검아 하루 일찍
차라리 취한 목숨 죽여 버려라

　1연에서는 간도 유이민의 참상을 사실적으로 그려 내고 있다. 일제하의 궁핍상과 절박한 모습을 보여 줌으로써 일제에 대한 적개심과 분노를 표출하고 있다. '차라리 주린 목숨, 빼앗아 가거라!'라고 오히려 신에게 따지는 자학적 절규는, 죽음이 도리어 행복했던 당대의 처절한 실상을 드러내고 있다.

* 햇채 시궁창에 고인 더러운 물을 뜻하는 경상도 사투리, 또는 맵고 쓴 나물.
* 마구 마구간.
* 검 신神 또는 조물주.

2연에서는 자포자기에서 오는 갈등과 이 땅에 남아 처절한 삶을 부지해야 하는 아픔을 묘사하고 있다. '이렇게라도 목숨을 부지해야 하는가'라는 절망적 현실에 대한 깊은 회의와 탄식이 내포되어 있다.

1연의 '주린'이 배고픔의 육체적 고통을 의미한다면, 2연의 '취한'은 모순된 현실 상황에서 그대로 살 수 없다는 정신적 고뇌를 반영한 것이라 할 수 있을 것이다.

또한 1, 2연 모두 7행으로 된 구성은 주제와 아울러 이 작품을 보다 탁월한 작품으로 평가받게 하고 있다.

이용악

전라도 가시내

북간도 술집에서 우연히 만난 두 남녀의 이야기다. 일제 말엽의 궁핍한 농촌은 한 지역에만 국한된 것이 아니라 전국적인 현상이었다. 이 시 속의 전라도 가시내와 함경도 사내란 바로 그러한 당대 유이민을 대표한다고 볼 수 있다.

알룩조개에 입 맞추며 자랐나
눈이 바다처럼 푸를 뿐더러 까무스레한 네 얼굴
가시내야
나는 발을 얼구며
무쇠다리를 건너온 함경도 사내

바람소리도 호개*도 인젠 무섭지 않다만

어두운 등불 밑 안개처럼 자욱한 시름을 달게 마시련다만

어디서 흉참한 기별이 뛰어들 것만 같애

두터운 벽도 이웃도 못 미더운 북간도 술막

온갖 방자의 말을 품고 왔다

눈포래*를 뚫고 왔다

가시내야

너의 가슴 그늘진 숲 속을 기어간 오솔길을 나는 헤매이자

술을 부어 남실남실 술을 따르어

가난한 이야기에 고이 잠궈다오

네 두만강을 건너왔다는 석 달 전이면

단풍이 물들어 천리 천리 또 천리 산마다 불탔을 겐데

그래두 외로워서 슬퍼서 치마폭으로 얼굴을 가렸더냐

두 낮 두 밤을 두리미처럼 울어 울어

* 호개 호가. 호인들의 노랫소리.
* 눈보래 눈보라.

불술기* 구름 속을 달리는 양 유리창이 흐리더냐

차알삭 부서지는 파도 소리에 취한 듯
때로 싸늘한 웃음이 소리 없이 새기는 보조개
가시내야
울 듯 울 듯 울지 않는 전라도 가시내야
두어 마디 너의 사투리로 때 아닌 봄을 불러 줄께
손대 수줍은 분홍 댕기 휘 휘 날리며
잠깐 너의 나라로 돌아가거라

이윽고 얼음길이 밝으면
나는 눈포래 휘감아치는 벌판에 우줄우줄 나설 게다
노래도 없이 사라질 게다
자욱도 없이 사라질 게다

어디서 금방이라도 흥참한 기별이 뛰어들 것만 같아 이웃도 못미
더운 북간도 술막에서, 다리를 얼리며 무쇠다리를 건너온 함경도 사

| * 불술기 불수레. 태양. '기차汽車'의 방언(함북).

내가 전라도 가시내와 만났다. 눈보라를 뚫고 힘들게 찾아왔지만 너의 가슴 속에 든 가난의 이야기, 그 그늘에 비하면 나의 말은 방자할 뿐이다. 나는 술에 젖어 네 이야기에 잠길 뿐. 네가 두만강을 건너왔다는 석 달 전이면 계절은 가을이라 천리가 단풍으로 불탔을 것인데, 그것도 보지 못하고 슬픔 때문에 치마폭으로 얼굴을 가렸니. 몇 날 며칠을 울었니. 싸늘한 웃음의 보조개가 예쁜, 울 듯 울 듯 울지 않는 전라도 가시내야, 두어 마디 전라도 사투리로 봄노래를 불러줄 테니 잠깐 꿈속에서라도 너의 고향으로 꼭 돌아가라. 이윽고 얼음길이 밝아오면 나는 또 눈보라 휘감아 치는 벌판으로 우줄우줄 나설 것이다. 노래도 자욱도 없이 사라질 것이다.

이용악은 1914년 함북 경성에서 빈농의 아들로 태어났다. 가난과 유랑, 가족의 해체와 같은 비극적 체험이 대부분 그가 직접 겪은 일들이다. 어린 시절부터 계속 겪은 가난과 노동, 유랑, 비극적인 가족 해체 등 자전적 체험을 식민지 현실의 보편적 경험으로 승화시켰다고 볼 수 있다. 1930년 후반 서정주, 오장환과 함께 '시삼재詩三才'라 일컬어진 이용악은 일제 강점기의 민족적 현실 속에서 만주 등지로 떠돌며 살아야 했던 겨레의 비극적 현실을 시로 형상화하는 데 주력하였고, 또한 잃어버린 모국어와 민족적 정서를 되찾아 이를 자신의 시어로 형상화했다. 일제 강점기 한국 근대시에서 이용악만큼 유이민의 비극적 삶을 깊이 있게 통찰하고 이를 민족 모순의 핵심으로 명확히 파악한 사람은 드물다고 일컬어지고 있다. 그는 만주나 러시아로 떠돌던 유이민들의 비참한 삶을 우리 시의 안으로 끌어들임으로써 민족시의 영역을 넓히는 데 큰 역할을 했다는 평가를 받고 있다. 만일 이용악이 없었다면 1930년대는 한결 무기력하고 볼품없었을 것이다.

이용악

낡은 집

날로 밤으로

왕거미 줄치기에 분주한 집

마을서 흉집이라고 꺼리는 낡은 집

이 집에 살았다는 백성들은

대대손손에 물려 줄

은동곳˚도 산호 관자˚도 갖지 못했니라.

˚은동곳 상투를 튼 뒤에 풀어지지 않도록 꽂는 은으로 만든 동곳.
˚산호 관자珊瑚貫子 망건에 달아 망건 줄을 꿰는 작은 고리.

재를 넘어 무곡*을 다니던 당나귀

항구로 가는 콩실이*에 늙은 둥글 소*

모두 없어진 지 오랜

외양간에 아직 초라한 내음새 그윽하다만

털보네 간 곳은 아무도 모른다.

찻길이 놓이기 전

노루 멧돼지 쪽제비 이런 것들이

앞뒤 산을 마음 놓고 뛰어다니던 어린 시절

털보의 셋째 아들은

나의 싸리말 동무*는

이 집 안방 짓두광주리* 옆에서

첫울음을 울었다고 한다.

* 무곡貿穀 장사하려고 많은 곡식을 사들임. 이익을 보려고 곡식을 많이 사들임.
* 콩실이 콩을 싣고 다님.
* 둥글 소 '황소'의 방언으로 큰 수소를 말함.
* 싸리말 동무 싸리말은 싸리로 조그맣게 엮어 말처럼 만든 것으로, 함경도에선 아이들이 이것을 말 삼아 타고 놀기도 하고, 마마에 걸린 지 12일 되는 날 역신을 쫓아낼 때 쓰기도 함. 여기서는 '어렸을 때 마마를 함께 앓으면서 싸리말을 타고 놀았던 친구. 즉, 죽마고우竹馬故友.
* 짓두광주리 함경도 방언으로 바늘, 실, 골무, 헝겊 같은 바느질 도구를 담는 그릇. '반짇고리'.

"털보네는 또 아들을 봤다우. 송아지래두 붙었으면 팔아나 먹

지."

마을 아낙네들은 무심코

차가운 이야기를 가을 냇물에 실어 보냈다는 그날 밤

저릎등*이 시름시름 타들어 가고

소주에 취한 털보의 눈도 일층 붉디린다.

갓주지* 이야기와

무서운 전설 가운데서 가난 속에서

나의 동무는 늘 마음 졸이며 자랐다.

당나귀 몰고 간 애비 돌아오지 않는 밤

노랑 고양이 울어 울어

종시 잠 이루지 못하는 밤이면

어미 분주히 일하는 방앗간 한 구석에서

나의 동무는

도토리의 꿈을 키웠다.

---

* 저릎등 겨릎등의 함경도 방언. 저릎의 표준어 '겨릎'은 '껍질을 벗긴 삼대'. 따라서
  '저릎등'은 긴 삼대를 태워 불을 밝히는 장치.
* 갓주지 갓을 쓴 절의 주지승住持僧. 옛날에는 아이들을 달래거나 울음을 그치게 할
  때 이 갓주지 이야기를 했다고 함. 어떤 이는 이 낱말을 '갖주지'의 오기誤記로 보고
  '갖가지' 즉, '가지가지'의 방언으로 해석하기도 함.

그가 아홉 살 되던 해

사냥개 꿩을 쫓아다니던 겨울

이 집에 살던 일곱 식솔이

어디론지 사라지고 이튿날 아침

북쪽을 향한 발자국만 눈 위에 떨고 있었다.

더러는 오랑캐령 쪽으로 갔으리라고

더러는 아라사*로 갔으리라고

이웃 늙은이들은

모두 무서운 곳을 짚었다.

지금은 아무도 살지 않는 집

마을서 흉집이라고 꺼리는 낡은 집

제철마다 먹음직한 열매

탐스럽게 열던 살구

살구나무도 글거리*만 남았길래

* 아라사俄羅斯 러시아의 음차=아국俄國.
* 글거리 '그루터기'의 함경남도 방언. 풀이나 나무 또는 곡식을 베고 남은 밑동. 그
  루. 이 시에서는 돌보는 이 없어 황폐한 모습.

꽃피는 철이 와도 가도 뒤울 안에

꿀벌 하나 날아들지 않는다.

　내 친구였던 털보의 셋째 아들이 태어났을 때 사람들은 모두 "털보네는 또 아들을 낳았대. 송아지라도 낳았으면 팔아나 먹지."라고 걱정했고, 소주에 취한 털보의 눈은 붉어졌다. 내 친구가 아홉 살 되던 해에 털보네 식구들은 그 집을 떠났다. 사람들은 "만주 쪽으로 갔을 거야, 또는 러시아 쪽으로 갔을 거야."라고 짐작만 할 뿐, 마을에서 흉가라고 꺼리던 낡은 집에 살았던 털보네가 간 곳을 아는 이는 아무도 없었다. 지금은 아무도 살지 않고, 꽃 피는 철이 오고 가도 꿀벌 하나 날아들지 않는 낡은 집이 되어 버렸다는 내용의 시다.

　이 시 역시 유이민들의 비극적인 삶을 그린 시다. 국권을 상실한 민족의 처절한 현실, 사랑하는 조국을 뒤에 두고 멀리 만주나 시베리아 등지로 떠날 수밖에 없던 유랑민들의 삶의 모습에서 연민의 정을 느끼게 하고 있다.

오장환

고향 앞에서

흙이 풀리는 내음새

강바람은

산짐승의 우는 소릴 불러

다 녹지 않은 얼음장 울멍울멍 떠내려간다.

진종일

나룻가에 서성거리다

행인의 손을 쥐면 따뜻하리라.

고향 가까운 주막에 들러

누구와 함께 지난날의 꿈을 이야기하랴.

양귀비 끓여다 놓고

주인집 늙은이는 공연히 눈물 지운다.

간간이 잣나비 우는 산기슭에는

아직도 무덤 속에 조상이 잠자고

설레는 바람이 가랑잎을 휩쓸어 간다.

예제로 떠도는 장꾼들이여!

상고商賈* 하며 오가는 길에

혹여나 보셨나이까.

전나무 우거진 마을

집집마다 누룩을 디디는 소리, 누룩이 뜨는 내음새……

오장환은 〈병든 서울〉을 쓴 시인이다. 시적 화자는 고향 근처의 주막에서 자신이 떠난 동안의 슬픈 고향 소식을 전해 들으며 집집마다 누룩을 띄워 술을 빚는, 전나무 우거진 고향 마을은 이미 이 지상

| *상고商賈 장수.

에서 사라지고 없음을 실감하고 있다. 변하지 않은 것은 조상의 무덤밖에 없다고 말하고 있다. 다시 말하면 고향은 고향이로되 그리던 고향은 아닌 것이다.

오장환 시인은 《성벽城壁》, 《헌사獻詞》, 《나 사는 곳》, 《병든 서울》 등 4권의 시집을 발간했는데, 그의 시는 대체로 세 가지 경향으로 나누어 볼 수 있다. 첫째는 《성벽》, 《헌사》에서 보여 준 비애와 퇴폐의 정서를 바탕으로 한 모더니즘 지향이고, 둘째는 《나 사는 곳》에서 드러내고 있는 향토적 삶을 배경으로 한 순수 서정시의 세계이며, 셋째는 《병든 서울》에 나타난 계급 의식의 세계이다. 그는 8·15 광복 후 '조선문학가동맹'에 가담했고, 1946년 월북했다. 그래서 그는 아직도 잊혀진 시인이다.

백석

소야小夜의 노래

무거운 쇠사슬 끄으는 소리 내 맘의 뒤를 따르고

여기 쓸쓸한 자유는 곁에 있으나

풋풋이 흰 눈은 흩날려 이정표 썩은 막대 고이 묻히고

더러운 발자국 함부로 찍혀

오직 치미는 미움

낯선 집 울타리에 돌을 던지니 개가 짖는다.

어메야, 아직도 차디찬 묘 속에 살고 있느냐.

정월 기울어 낙엽송에 쌓인 눈바람에 흐트러지고

산짐승의 우는 소리 더욱 처량히

개울물도 파랗게 얼어

진눈깨비는 금시에 내려 비애를 적시울 듯

도형수徒刑囚의 발은 무겁다.

이 시의 화자는 '도형수徒刑囚'이다. 실제로 그가 죄수라기보다는 식민지 현실 속에서 형벌 같은 삶을 살고 있는 화자가 자기 인식을 드러내는 말이라고 할 수 있다.

그는 '무거운 쇠사슬'을 끌고 여기저기 다니고 있다. 그에게 자유가 있다지만, 그것은 진정한 자유가 아니라 '쓸쓸한 자유'일 뿐이다. '이정표 썩은 막대 고이 묻히'는 눈길을 걸어 그는 '차디찬 묘 속'에 있는 어머니를 찾아가고 있다. 그런데 그 눈길을 돌아다니는 화자의 발길은 몹시 무겁다. 일제 강점기라는 이 시의 시대적 배경을 생각할 때 눈 위에 찍힌 '더러운 발자국'도, '치미는 미움'도 일제와 관계가 있을 것이다. 그런 마음으로 '낯선 집 울타리에 돌을 던지니 개가 짖는다'는 것인데 낯선 집은 누구의 집일까? 물론 일본 사람의 집일 것이다. 일제 강점기에 이런 시가 쓰이고 발표되었다는 게 약간은 놀라운 일이다.

백석은 평안북도 정주에서 태어났다. 1936년 시집 《사슴》으로 문단에 데뷔했다. 평안도 사투리 구사하기를 즐겼는데 특히 만주 일대를 유랑하며 많은 시를 썼다. 그의 시에는 한국 민족의 공동체적 친근성에 기반을 둔 고향에 대한 인식이 잘 드러나 있다는 평가를 받고 있다. 평북 사투리와 사라져 가는 옛것을 소재로 삼은 특유의 향토주의 정서를 바탕으로 하고 있으면서도 뚜렷한 자기 관조로 한국 모더니즘의 또 다른 측면을 개척했다는 평을 받고 있다. 1963년경 북한에서 사망한 것으로 알려졌었는데, 1995년(84세)에 사망한 것으로 언론에 보도되기도 했다.

북방에서

이 책을 준비하기 위해 백석의 시집을 다시 꺼내 읽었는데, 이 책의
서지를 보니 1986년 11월에 발행했고, 나의 개인 서지를 보니 1987
년 2월 7일에 사서 이듬해인 1988년 2월 15일에 다 읽은 것으로 되어
있다. 그런데 전혀 기억이 나지 않는다. 그동안 훌륭한 시인으로 알
고 있었지만, 그래서 20여 년 전에 이미 그의 전집을 다 읽었지만, 백
석의 의미를 사실은 잘 몰랐다. 사실을 고백하자면 아이들에게 백석
의 시를 가르치면서 비로소 백석에 대해 조금 깨닫게 되었다. 이 시
〈북방에서〉를 비롯해서 〈여우난골족〉, 〈여승〉, 〈수라〉, 〈나와 나타샤
와 흰 당나귀〉, 〈고향〉, 〈팔원〉, 〈흰 바람벽이 있어〉, 〈남신의주유동
박시봉방〉 같은 시들을 가르쳤고, 백석의 시들 중 어렴풋이나마 이

해하고 있는 시들은 모두 가르치면서 알게 되었다. 가르치면서 배운
다는 말이 정말 맞는 것 같다.

아득한 옛날에 나는 떠났다
부여를 숙신을 발해를 여진을 요를 금을
흥안령을 음산을 아무우르를 숭가리*를
범과 사슴과 너구리를 배반하고
송어와 메기와 개구리를 속이고 나는 떠났다

나는 그때
자작나무와 이깔나무의 슬퍼하든 것을 기억한다
갈대와 장풍의 붙드는 말도 잊지 않었다
오로촌이 멧돌을 잡어 나를 잔치해 보내든 것도
쏠론이 십리 길을 따러나와 울든 것도 잊지 않었다

나는 그때
아모 이기지 못할 슬픔도 시름도 없이

| * 숭가리 송화강

다만 게을리 먼 앞대로 떠나 나왔다

그리하여 따사한 햇귀에서 하이얀 옷을 입고

매그러운 밥을 먹고 단샘을 마시고 낮잠을 잤다

밤에는 먼 개소리에 놀라나고

아츰에는 지나가는 사람마다에게 절을 하면서도

나는 나의 부끄러움을 알지 못했다

그동안 돌비는 깨어지고 많은 금은보화는 땅에 묻히고 가마
귀도 긴 족보를 이루었는데

이리하여 또 한 아득한 새 옛날이 비롯하는 때

이제는 참으로 이기지 못할 슬픔과 시름에 쫓겨

나는 나의 옛 한울로 땅으로 ─ 나의 태반으로 돌아왔으나

이미 해는 늘고 달은 파리하고 바람은 미치고 보래구름만 혼
자 넋 없이 떠도는데

아, 나의 조상은 형제는 일가친척은 정다운 이웃은

그리운 것은 사랑하는 것은 우러르는 것은

나의 자랑은 나의 힘은 없다 바람과 물과 같이 지나가고 없다

일제 말기 식민지 현실에 대한 자책감을 보여 주는 시다. 이 시의 화자는 백석 자신뿐만 아니라 우리 민족, 우리 역사 그 자체라고도 할 수 있으며, 자기가 살아온 삶과 역사를 되돌아보고 반성하고 가책하는 인물이다.

이 시에 등장하는 부여, 숙신, 발해, 요, 금, 흥안령, 송화강, 음산, 아무우르는 우리 민족의 옛 터진이며 송어, 메기, 너구리, 사슴, 개구리 등은 그곳에 사는 자연물들이다. 그런데 화자는 이곳에 사는 자연물들과 족속들을 배반하고 떠난 것이다. 떠난 이후에도 그의 삶은 스스로 생각할 때 몹시 비겁한 모습을 보여 주고 있다. 그로 인해 급기야는 더 이상 피할 수 없게 되고 그리하여 슬픔을 안고 다시 옛 고향으로 찾아가지만 거기에는 조상도, 일가친척도, 자랑할 것도 아무것도 남아 있지 않았다.

이렇듯 이 시에는 일제 말기의 극한적인 상실감과 자신의 삶에 대한 가책과 슬픔이 잘 나타나 있다.

김소월

서도여운 西道餘韻
―옷과 밥과 자유

공중에 떠다니는
저기 저 새요
네 몸에는 털 있고 깃이 있지

밭에는 밭곡식
논에는 물벼
눌하게* 익어서 숙으러졌네

| •눌하게 **누렇게.**

초산지나 적유령*

넘어선다.

짐 실은 저 나귀는 너 왜 넘니?

이 시는 '새 · 곡식 · 나귀'를 바라보
는 시적 화자가 '옷과 밥과 자유'를 상
실한 절망감과 탄식을 그려 내고 있다.
'새'에서 '옷'을, '곡식'에서 '밥'을, '나
귀'에서 '자유'를 끌어내고 있다. 새에
게는 털이 있고 깃이 있어 마음대로 공
중에 떠다니지만, 나는 '옷' 한 벌 없는,
새만도 못한 식민지 백성이다. 더구나
농토마저 빼앗긴 우리에게 누렇게 익
은 논밭의 농작물은 그림의 떡일 뿐이

《진달래꽃》 김소월이 생전에 유일
하게 낸 시집이다.

다. 그렇게 자유를 잃고 고달픈 삶을 살아가는 백성들은 삶을 위해
짐 실은 나귀로 끌고 고개를 넘을 수 밖에 없다. 비극적 모습을 상징
한다. '옷'과 '밥'과 '자유'는 사람의 최소한의 생존권인데, 그것마저

* 적유령 평북 회천과 강계 사이에 있는 고개.

빼앗기고 살아가던 당시의 식민지 상황을 간결하지만 핍진하게 잘 그려 내고 있는 시다.

　김소월은 1902년 평안북도 구성군에서 태어났다. 아버지가 일본 인들에게 폭행당해 정신 이상자가 된 후 주로 광산을 경영하는 할아 버지의 손에서 컸으며, 서울 남산공원에 있던 남산보통학교를 졸업 했다. 그래서 남산공원에 그의 시비도 있고, 그의 이름을 딴 소월길 도 있는 것이다. 1915년 오산학교에서 조만식과 평생 문학의 스승 이 될 김억 시인을 국어 선생님으로 만났다. 오산학교를 다니는 동 안 왕성한 작품 활동을 했고, 1925년에는 생전에 낸 유일한 시집인 《진달래꽃》을 발간했다. 3 · 1 운동 이후 오산학교가 문을 닫자 배재 고보 5학년으로 편입해서 졸업했다. 1923년에는 도쿄 상업대학교에 입학하였으나, 같은 해 9월에 관동 대지진이 발생하자 중퇴하고 귀 국했다. 이 무렵 서울 청담동에서 나도향과 만나 친구가 되었고 동 인지 《영대》 동인으로 활동했다. 김소월은 고향으로 돌아간 후 조부 가 경영하는 광산 일을 도왔으나 일이 실패하자 처가인 구성군으로 이사했다. 그곳에서 개설한 동아일보 지국마저 실패하는 바람에 극 도의 빈곤에 시달렸던 그는 정신적으로 큰 타격을 받고 술로 세월을 보냈다. 친척들로부터도 무시당했던 그는 결국 1934년 12월 24일 곽 산에서 시체로 발견되었다. 음독자살한 것이다. 안타까운 일이었다.

사족 하나, 그가 죽은 후 43년 만인 1977년 그의 시작 노트가 발견되었는데, 여기에 실린 시들 중에 스승 김억의 시로 이미 발표된 것들이 있어서 사람들을 놀라게 했다. 김억이 제자의 시를 자신의 시로 둔갑시켜 발표했던 것이다. 제자의 시나 논문을 도용해서 자기 이름으로 발표하는 일이 옛날에도 있었던 셈이다. 부끄러운 일이다.

김동환

국경의 밤

제목에서의 국경은 어디일까? 일제 강점기의 국경? 그 국경은 그 시대 사람들에게 또 어떤 의미였을까?

두만강 유역의 국경 지대, 한 해가 저물어 가는 겨울, 소금실이 밀수출에 나선 남편을 걱정하는 순이는 근심에 싸여 있는데 그날 저녁 마을에 한 청년이 나타난다. 알고 보니 두 사람은 어릴 적 소꿉동무였다. 그들은 자라면서 서로 좋아하게 된 사이였으나, 여진족의 후예인 순이는 다른 혈통의 사람과 혼인할 수 없다는 인습 때문에 헤어져야 했다. 그렇게 해서 마을을 떠나야 했던 소년이 8년이 지난 뒤에야 다시 순이 앞에 나타난 것이다. 청년은 이제 남의 아내가 된 순이에게 다시 사랑을 간청하지만 순이는 남편에 대한 도리와 어쩔 수 없

는 자신의 운명을 들어 거절하고, 밀수출 나갔던 남편은 마적 떼의
총을 맞고 시체가 되어 돌아온다.

제1부

〈1〉"아하, 무사히 건넜을까, / 이 한밤에 남편은 / 두만강을 탈
없이 건넜을까?

저리 국경 강안江岸을 경비하는 / 외투外套 쓴 검은 순사巡査가 /
왔다 - 갔다 - / 오르명 내리명 분주히 하는데 / 발각도 안 되고 무
사히 건넜을까?'

소금실이 밀수출密輸出 마차를 띄워 놓고 / 밤새 가며 속 태우는
젊은 아낙네, / 물레 젓던 손도 맥이 풀려서 / '파!' 하고 붙는 어유魚
油 등잔만 바라본다. / 북국北國의 겨울밤은 차차 깊어 가는데.

〈2〉 어디서 불시에 땅 밑으로 울려 나오는 듯, / "어어이!" 하는 날
카로운 소리 들린다. / 저 서쪽으로 무엇이 오는 군호軍號라고 / 촌
민村民들이 넋을 잃고 우두두 떨 적에, / 처녀處女만은 잡히우는 남
편의 소리라고 / 가슴 뜯으며 긴 한숨을 쉰다. / 눈보라에 늦게 내

리는 / 영림창營林廠 산재실이 벌부筏夫 때 소리언만.

　〈3〉 마지막 가는 병자病者의 부르짖음 같은 / 애처로운 바람 소리에 싸이어 / 어디서 '땅' 하는 소리 밤하늘을 쨌다. / 뒤대어 요란한 발자취 소리에 / 백성들은 또 무슨 변變이 났다고 실색하여 숨숙일 때, / 이 처녀處女만은 강도 채 못 건넌 채 얻어맞는 사내 일이라고 / 문비탈을 쓸어안고 흑흑 느껴 가며 운다. / 겨울에도 한삼동三冬, 별빛에 따라 / 고기잡이 얼음장 끊는 소리언만.

　〈4〉 불이 보인다. 새빨간 불빛이 / 저리 강 건너 / 대안對岸 벌에서는 순경들의 파수막把守幕에서 / 옥서玉黍장 태우는 빠알간 불빛이 보인다. / 까아맣게 타오르는 모닥불 속에 / 호주胡酒에 취한 순경들이 / 월월월, 이태백을 부르면서.

　〈5〉 아하, 밤이 점점 어두워 간다. / 국경의 밤이 저 혼자 시름없이 어두워 간다. / 함박눈조차 다 내뿜은 맑은 하늘엔 / 별 두어 개 파래져 / 어미 잃은 소녀의 눈동자같이 깜박거리고, / 눈보라 심한 강벌에는 / 외아지 백양白楊이 / 혼자 서서 바람을 걸어 안고 춤을 춘다. / 아지 부러지는 소리조차 / 이 처녀處女의 마음을 핫! 핫! 놀래 놓으면서.

제2부

〈28〉멀구 광주리 이고 산기슭을 다니는 / 마을 처녀 떼 속에 / 순이라는 금년 열여섯 살 먹은 재가승任家僧의 따님이 있었다. / 멀구 알같이 까만 눈과 노루 눈썹 같온 빛나는 눈초리 / 게다가 웃을 때마다 방싯 열리는 입술 / 백두산 천지 속의 선녀같이 몹시도 어여 뺐다.

마을 나무꾼들은 / 누구나 할 것 없이 마음을 썼다. / 될 수 있으면 장가까지라도! 하고 / 총각들은 산에 가서 '콩쌀금'하여서는 남몰래 색시를 갖다 주었다. / 노인들은 보리가 설 때 새알이 밭고랑에 있으면 고이고이 갖다 주었다. / 마을서는 귀여운 색시라고 누구나 칭찬하였다.

제3부
〈58〉
- 처녀

"가요, 가요. 인제는 첫 닭 울기. / 남편이 돌아올 때인데 / 나는 매인 몸. 옛날은 꿈이랍니다!" / 그러며 발을 동동 구른다. / 애처로운 옛날의 따스하던 애욕에 끌리면서.

그 서슬에 청년은 넘어지면서 / 낯빛이 새파래진다. 몹시 경련하면서 / "아, 잠깐만 잠깐만" / 하며 닫아 맨 문살을 뜯는다.

그러나 그것은 감옥소 철비鐵扉와 같이 굳어졌다. / 옛날의 사랑을, 태양을, 전원을 잠가 둔 / 성당을 좀처럼 열어 놓지 않았다. / "아, 여보 순이! 재가승의 따님 / 당신이 없다면 8년 후도 없고요, 세상도 없고요."

- 처녀 / "어서 가세요. 동이 트면 남편을 맞을 텐데."

- 청년 / "꼭 가야 할까요 / 그러면 언제나?"

- 처녀 / "죽어서 무덤에 가면!" / 하고 차디차게 말한다.

- 청년 / "아, 아하, 아하……."

- 처녀 / "지금도 남편의 가슴에 묻힌 산송장 / 흙으로 돌아간대도
가산家山에 묻히는 송장 / 재가승의 따님은 워낙 송장이랍니다!"

- 여보시오, 그러면 나는 어쩌고? / - 가요, 가요. 어서 가요, 가
요. / 뒤에는 반복되어 이 소음만 요란하고 -

이 작품은 전체 3부 72장 930여 행으로 이루어져 있다. 일제 강점
기 우리 민족의 참담한 현실과 쫓기는 자, 소외된 자의 비극적 좌절
을, 국경 지방 한겨울 밤의 삼엄하고 음울한 분위기 속에서 제시하
고 있는 유명한 서사시이다. 1920년대 감상적인 서정시와는 전혀 다
른 세계를 보여 주고 있다.

그런데 이 작품에 대한 전혀 다른 평가도 많다. 이 작품이 외국시
를 번안했다는 설도 있고, 또 사회적 이념과 민족적 의식의 세계를
그리려 한 것에 비해서 결말 부분이 너무 작위적이라는 평가도 있
다. 김동환은 뒤에 적극적인 친일을 하게 된다. 변절한 것이다. 김동
에 대해서는 다음 장에서 다시 공부해 보기로 하자.

나라를 잃은 백성의 설움, 유이민

간도와 연해주 등 한반도와 이웃한 지역은 원래 예부터 우리나라 사람들이 자주 왕래하던 지역이었다. 옛날에는 국경이라는 개념이 희박할 때였으므로 간도에서 농사를 짓고 가을에 곡식을 가지고 돌아오는 계절 이민 농민들도 있었다.

특히 조선 말기에는 어려운 생활이 조금이라도 나아질 수 있을 것이라는 희망을 안고 빈번하게 조선인들이 간도와 연해주로 넘어가게 된다. 1860년대 이후에는 청과 러시아가 아직 개방되지 않았던 이 지역의 개발을 위해 우리 농민들이 넘어오는 것을 오히려 반기기도 했다. 1910년경에는 만주에 이미 20만 명 이상의 한인들이 거주하고 있었다. 게다가 일제의 토지 조사 사업 등으로 인한 약탈 속에서 생계의 터전인 토지를 잃은 농민들도 속속 살길을 찾아 이주해 갔다.

농민뿐만 아니라 정치적 망명자들도 많았다. 일본이 우리나라를 침략하기 시작하면서 독립운동을 탄압하자 그 탄압을 피해 넘어가기도 하고, 아예 좀 더 자유로운 곳에서 효과적인 독립운동을 하기 위해 넘어가기도 했다. 만주나 연해주 등이 국외 독립운동의 전진 기지가 될 수 있었던 것은 이 때문이었다.

그 후손들이 지금의 조선족들이다. 조금 다른 얘기인데, 현재 연변의 조선족들에게 한국은 기회의 땅이다. 교사 월급이 3~4천 위안(45만 원~60만 원)이고, 민박집 아주머니 월급이 1천 위안(15만 원) 정도이니, 한국에서 받는 월급

간도 정착촌 모습

100여만 원은 결코 적은 돈이 아니다. 다만, 한국에서 번 돈으로 연변에 돌아와 기반을 잡는 조선족들도 있는 반면, 그들은 극히 일부분이고, 대부분의 조선족들은 한국에서 사기를 당하거나, 임금을 받지 못하거나, 오랜 기간 헤어져 살게 되니 가족이 파탄 나거나 했다. 또 한국에서 중국으로 무사히 돌아왔다 하더라도 돌아온 조선족들은 다시는 그 월급 받고는 일을 못하게 되었다.

　조선족에게 대한민국은 어떤 존재인가? 또 대한민국에게 조선족은 무엇인가? 조선족에게 대한민국이 있다는 것이 좋은 일인지 나쁜 일인지 가늠하기 어렵다.

2장

오욕의 역사

국어 선생님의 한국 근대사 강의 청산하지 못한 역사, 친일파

작자 미상

성수무강

해가 부상扶桑*에서 떠오르네.

혁혁한 태양이.

무지개와 북두성이 정기를 길러 천황께서 탄생하셨네.

보위에 오르신지 44년간 성수무강하셨네.

덕과 은혜가 두루 미치고 위엄이 널리 빛나네.

뭇 백성들을 어루만지니 우리 동양의 기초를 세웠네.

오호라 이러한 해가 만 번이 되어 영원하리라

* 부상扶桑 중국 전설에서, 해가 뜨는 동쪽 바닷속에 있다는 상상의 나무 또는 그 나무가 있다는 곳.

〈경남일보〉 1911년 11월 2일자 1면에 일장기 그림 아래 실렸던, 당시 메이지 일왕의 생일인 '천장절'을 축하하는 시다. 그런데 이 시를 위암 장지연이 썼다는 얘기가 있다. 1905년 을사조약 체결에 분노해 〈황성신문〉에 "아! 원통한지고, 아! 분한지고. 우리 2천만 동포여, 노예된 동포여! 살았는가, 죽었는가? 단군, 기자 이래 4천 년 국민정신이 하룻밤 사이에 홀연 망하고 말 것인가. 원통하고 원통하다. 동포여! 동포여!"로 끝나는 〈시일야방성대곡〉을 발표해 투옥까지 되었던 인물이다. 그랬던 그가 변절한 후 친일행각을 벌이면서 썼다는 것이다. 당시 신문들이 기명기사를 내지 않았던 관행에 비춰볼 때 장지연이 이 시를 직접 지었다는 증거는 없지만, 〈경남일보〉는 그가 있던 언론사이고 문장의 수려함을 고려하면 장지연이 기재한 것이 확실해 보인다는 것이다. 장지연은 1909년 10월 창간된 〈경남일보〉 초대 주필을 맡아 1913년 3월까지 주필로 재직했었다. 〈경남일보〉는 일왕 찬양시를 게재하는 것에 그치지 않고, 천장절 당일 휴간까지 하면서 경남 진주 수정봉 정상에서 1천 개의 등을 매단 가운데 축제를 진행하기까지 했다는 것이다.

〈경남일보〉는 경술국치 직후인 1910년 10월 11일자에 매천 황현의 '절명시'를 게재했다가 정간되었는데, 10일 만에 복간되면서 신문 논조가 완전히 친일로 바뀌었다는 것이다. 장지연은 교과서에까지 항일 언론인, 우국지사로 묘사된 인물인데, 그가 친일을 했다는 사실이 약간 어처구니가 없다. 하지만 어떤 이들은 아예 장지연은 처음부터 '친일'이었다고 말하는 이들도 있다. 〈시일야방성대곡〉도 이토 히로부미가 약속을 어긴 데 대한 비판이 강하다는 것이다. 그 안에 식민 지배 강화를 위한 조치인 '외교권 박탈'이나

민족문제연구소에서 발간한 《친일인명사전》

'통감부 설치' 같은 을사늑약의 주요 내용에 대한 직접적인 비판이 없었다는 것이다.

　민족문제연구소는 일제에 협력한 인사들의 행적을 담은 《친일인명사전》을 공개했는데, 물론 장지연도 포함됐다. 〈경남일보〉 주필 시절인 1909년에는 이토 히로부미 추모시와 일왕 메이지의 생일을 축하하는 천장절 기념시를 게재했고, 1916년에는 〈매일신보〉에 총독 환영시 등 다수의 친일성 글을 기고했다는 게 연구소 측의 주장이다. 그러나 장지연 기념 사업회 측에서는 "천장절 기념시가 실린 것은 장지연 선생이 〈경남일보〉 주필을 그만둔 뒤의 일이고, 총독 환영시는 장지연 선생이 썼지만 '반어법'을 사용한 시로 사실은 총독을

비웃는 시"라면서 "친일반민족행위 진상규명위원회에서도 특별법을 적용하기 미흡하다며 조사 대상에서 제외했다"고 주장했다. 친일반민족행위 진상규명위원회는 "유족들의 이의 신청 내용을 검토한 결과, 여러 정황상 일제 강점하 반민족행위 진상 규명에 관한 특별법을 엄격히 적용하기에는 다소 미흡하다는 점이 인정돼 장지연을 조사 대상에서 제외하게 됐다"고 밝히기는 했다. 그러나 연구소 측은 "장지연이 쓴 친일성 글은 한두 건이 아닌데, 이를 모두 반어법이라고 볼 수는 없다. 규명위 결정도 특별법을 적용하기 어렵다는 것일 뿐 친일 행각이 없었다는 뜻이 아니다. 규명위도 결정문에서 장지연의 친일 행위를 인정하고 있다. 장지연의 친일 행각은 이론의 여지가 없다"고 반박했다.

무엇이 진실인지는 더 따져 봐야겠지만 '공은 공이고 과는 과'인 것이다. 장지연의 항일은 그것대로 의미가 있지만, 만일 그가 친일했다면 그것은 그것대로 또 평가를 받아야 한다. 친일했다고 항일이 덮어지는 것이 아니고, 항일했다고 친일이 덮어지는 것은 아니라는 얘기다.

주요한

첫피

"아아 날이 저문다. 서편 하늘에, 외로운 강물 위에, 스러져가는 분
홍빛 놀…… 아아 해가 저물면 해가 저물면, 날마다 살구나무 그늘
에 혼자 우는 밤이 또 오건마는, 오늘은 사월이라 파일날 큰 길을
물밀어가는 사람소리…… 듣기만 하여도 흥성스러운 것을, 왜 나
만 혼자 가슴에 눈물을 참을 수 없는고?"

주요한의 〈불노리〉라는 시다. 이 시는 그동안 우리나라 최초의 현
대시로 평가받아 왔다. 물론 현재는 다른 견해들도 있기는 하지만,
어쨌든 주요한은 불노리를 써서 우리 문학사에서 중요한 인물로 평
가받는 시인이 되었다. 그런데 주요한은 참으로 부끄러운 친일시를

쓰기도 했다.

　이제 함께 읽어 볼 시가 바로 주요한의 대표적인 친일시다. 징병 제를 예찬하고 있는 이 시는 우리 조국의 젊은이들을 전장의 사지로 몰고 가려는 일제의 만행을 오히려 눈물 흘리며 감사하고 있다. 특히 지원병 출신으로 죽은 이인석 상등병에게 바친 이 시는 친일의 설정을 이루고 있다.

　　나는 간다.
　　만세를 부르고
　　천황폐하 만세를
　　목청껏 부르고
　　대륙의 풀밭에
　　피를 뿌리고
　　너보다 앞서서
　　나는 간다.
　　피는 뿜어서
　　누런 흙 우에
　　검게 엉기인다.

형아! 아우야!
이 피는
너들의 피다.
너들의 뜨거운 피가,
2천 3백만 너들의 피가
내 몸을 통해서
흐르는 것이다.
역사가 생긴 이래
처음으로
뿌려지는 피다.
반도의 무리가
님께 바친
처음의 피다.

나는 내 피에
고개를 숙이어
절한다.
그것은
너들의 피기 까닭에,

장차 내 뒤를 따라올

백과 천과 만의

너들의

뜨거운 피기 때문에.

아아

간다,

나는

너보다 앞서서

한자욱 앞서서,

만세, 만세.

주요한은 초기에는 독립운동을 외치는 시들을 발표했다. 그는 언론계에 종사하면서 수양동우회 활동을 통해 독립운동에 기여코자 했다. 그러나 일제가 1937년 6월 6일 해산령을 거부하던 수양동우회에 대해 일제 검거를 시작하자 '화수분'의 작가 전영택, 작곡가 현제명과 홍난파 등 18명이 전향 성명을 발표했다. 이 사건 이후 주요한도 역시 친일의 대열로 들어서게 된다. 젊은 시절 상해 임시정부에도 가담하고 애국시를 쓰면서 조국의 독립을 누구보다도 갈망했던 그가 정반대의 길, 치욕스런 민족 배반의 길로 들어서게 된 분명 안타까운 일이다.

　우리 역사가 해방 후 친일의 잔재를 완전하게 청산하지 못했다고 비판을 많이 받는데, 가장 대표적인 인물이 주요한이다. 더구나 해방 정국에서 그는 독립투사로, 우국적인 지사로 행세했다. 뿐만 아니라 해방 이후 그는 대한상공회의소 특별위원, 대한무역협회 회장, 민주당 민의원을 지냈고, 4·19 이후에는 부흥부 장관, 상공부 장관을 거쳤으며, 5·16 이후에는 대한일보사 사장, 대한해운공사 대표이사 등을 역임했다. 정계, 재계, 언론계, 문화계 등 거의 모든 분야에서 요직을 두루 거친 것이다. 그의 무엇을 기리겠다는 건지 모르겠지만 종묘 공원 앞에는 그의 시비와 좌상이 세워져 있다.

윤해영

선구자

제목만 들어도 뭔지 딱 떠오르는 시다. 우리에게 너무나도 유명한 가곡이기 때문이다. 우리나라 사람 중에서 이 노래를 안 불러 본 사람, 한 번도 안 들어 본 사람은 아마 없을 것이다. 2009년 8월, 김대중 대통령께서 돌아가셨을 때 장례식장에서도 장중하게 울려 퍼졌던 노래.

　그런데 이 노래가 실은 그동안 겨레를 속여 온 친일 노래다. 참 속상한 일이다. 이 노래가 왜 친일 노래인지 살펴보자.

　　일송정 푸른 솔은 늙어 늙어 갔어도
　　한줄기 해란강은 천년 두고 흐른다.

지난날 강가에서 말달리던 선구자
지금은 어느 곳에 거친 꿈이 깊었나

용두레 우물가에 밤새소리 들릴 때
뜻 깊은 용문교에 달빛 고이 비친다
이역하늘 바라보며 활을 쏘던 선구자
지금은 어느 곳에 거친 꿈이 깊었나

용주사 저녁종이 비암산에 울릴 때
사나이 굳은 마음 길이 새겨 두었네
조국을 찾겠노라 맹세하던 선구자
지금은 어느 곳에 거친 꿈이 깊었나

이 노래를 작곡했다는 조두남의 회고록 《그리움》에 의하면, 1932
년 그가 만주 목단강의 여인숙에 기거하고 있을 때 어떤 사람이 찾아
와 선구자의 가사를 주면서 "일제로부터 해방을 염원하고 민족의 구
심점이 될 만한 노래를 만들어 달라"고 부탁했다고 한다. 조두남이
이름을 물으니, 그는 자신의 이름이 윤해영이란 것만 밝히고는 홀연
히 사라졌다고 한다. 그 날 이후 조두남은 "윤해영의 행방을 여러 차

레 수소문했으나 끝끝내 찾을 수 없었다"라고 하면서 그의 행적을 신비롭게 포장함으로써 자신의 〈선구자〉를 미화했다. 그리고 그는 종적을 감춘 윤해영을 다시 만난 적이 없다고 했다.

그런데 이 회고록이 거짓말임을 입증하는 증인이 등장했다. 그는 다름 아닌 중국 지린성에 사는 김종화 씨. 그는 조두남이 단장으로 있던 고려악극단의 기타리스트로 활동하였는데, 그의 증언에 따르면 1944년 만주 헤이룽장 성 영안시의 영안극장에서 있었던 조두남의 신작 발표회에 윤해영이 나타났을 뿐 아니라, 그날 〈선구자〉의 원작이라 할 수 있는 〈용정의 노래〉뿐 아니라, 윤해영이 아내를 그리워하면서 지었다는 〈목단강의 노래〉, 〈산〉, 〈아리랑 만주〉 등의 신곡을 발표했다. 선구자의 가사를 전해 주고 홀연히 사라졌다는 윤해영은 계속해서 조두남과 긴밀한 관계를 유지하고 있었음이 드러난 것이다.

그런데 조두남은 왜 선구자의 작사자인 윤해영을 1932년 여인숙에서 만난 이후 다시는 볼 수 없었다고 거짓말을 했을까? 그것은 바로 윤해영이 당시 만주에서 가장 노골적으로 일제를 찬양하고 옹호하는 작품 활동을 하던 친일 시인이었기 때문이었다. 그는 당시 일제가 만주 침략을 노골화하고 있을 때 적극적이고도 열성적으로 일제를 찬양한 인물이었다. 그는 당시 만주 최대의 친일 단체인 '오족

협화회'의 간부로 활약하면서, '만주괴뢰정부'를 공공연히 찬양한 유일한 문인이었다. 물론 조두남도 친일 악극을 공연했고. 이러다 보니 조두남은 자신의 친일 행적을 은폐하기 위해 윤해영과의 관계를 숨길 수밖에 없었고, 해방 이후 자신과 윤해영의 행적을 미화하기에 이른 것이다.

가곡 〈선구자〉는 원곡이라고 할 수 있는 〈용정의 노래〉에서 비롯되었다. 원래 〈용정의 노래〉는 만주를 떠도는 유랑민의 애환을 표현한 서정적인 노래였다고 한다. 그런데 나중에 광야에서 말 달리는 선구자 같은 내용으로 개작하면서 오늘날의 〈선구자〉가 되었다는 것인데, 문제는 이 〈선구자〉라는 말이 독립투사를 의미하는 단어가 아니었다는 것이다. 이러한 사실을 뒷받침해 주는 증거가 바로 윤해영이 쓴 만주괴뢰국을 찬양한 〈락토만주〉란 시이다. 여기에는 '선구자'란 말이 등장하는데, 당시 선구자가 어떤 의미로 쓰인 단어였는지 명확하게 드러난다.

오색기 너울너울 락토만주 꿈꾼다.
백방의 전사들이 너도 나도 모였네
우리는 이 나라의 복을 받은 백성들
희망이 넘치누나 넓은 땅에 살으리

〈선구자〉에 나오는 '일송정' 중국 룽정의 비암산에 있는 정자로, 비암산 꼭대기에 세워져 있다. 사진은 연변대학 학생들이 일송정에 야유회를 나와 즐기는 모습이다.

(중략)

끝없는 지평선에 오족금파 금실렁

노래가 들리누나 아리랑도 흥겨워

우리는 이 나라에 터를 닦는 선구자

한 천년 세월 후에 천야만야 빛나리

여기서 말하는 '선구자'란 독립운동을 하는 '선구자'가 아니라 만주국을 위해 일하는 사람들을 말한다는 것이다. 당시 만주에서는 독립운동을 하는 사람들을 '선구자'가 아닌 '산사람'이라고 불렀다고 한다. 또한 여기서 말하는 오족이란 일본, 조선, 만주, 몽골, 한족을 지칭하는 것으로 윤해영이 대동아공영권을 주장하는 일제의 나팔수였음을 증명하는 것이다. 문익환 목사는 가곡 〈선구자〉가 이런 문제점이 있다는 것을 알았고, 그래서 평생 〈선구자〉를 부르지 않았다고 한다. '일송정 푸른 솔은……말달리는 선구자……'로 우리를 비장하게 만들었던 이 노래가 날조된 거짓 노래였다니 가슴이 아프다.

한편 조두남의 가곡 〈선구자〉를 기념하기 위해 2003년 마산에 테마공원을 조성하고 공원 안에 조두남 음악관을 개관했다. 그런데 그의 친일 행적이 거론되고 가곡 〈선구자〉가 독립군이 아닌 만주 괴뢰국을 찬양하는 노래라는 것이 알려지면서 시민단체 등이 격렬하게 반대했고, 결국 마산음악관으로 개명하여 재개장한 일이 있었다.

조선의 학도여

이. 광. 수. 우리나라 신문학계에서 최남선과 더불어 가장 영향력 있었던 사람이 이광수다.

그는 3 · 1 운동 이전에 일본 유학생들을 중심으로 동경에서 일어 났던 1919년 2 · 8 운동의 독립 선언서를 기초했고, 상해에 가서 상해 임시정부 기관지인 〈독립신문〉의 주간으로도 활동했다. 1937년 에는 '수양 동우회' 사건으로 안창호와 함께 투옥되기도 했었는데, 결국에는 친일시를 쓰고 말았다. 일단 시부터 읽어 보자.

그대는 벌써 지원하였는가,
특별지원병을

내일 지원하려는가
특별지원병을

공부야 언제나 못하리
다른 일이야 이따가도 하지마는
전쟁은 당장이로세
만사는 승리를 얻은 다음날 일.

승패의 결정은 지금으로부터.
시각이 바쁜지라 학교도 쉬네.
한 사람도 아쉬운지라 그대도 부르시네.
1억이 모조리 전투배치에 서랍시는 오늘.

그대는 벌써 뜻이 정하였으리,
나가리이다, 나가 싸우리이다
싸워서 이기리이다
미영米英을 격멸하고 돌아오리이다
조국의 흥망이 달린 이 결전
민족의 운명이 결정되는 마루판

단판일세, 다시 해볼 수 없는 끝판

그대가 나가서 막을 마루판싸움

아세아 10억

칠같은 머리

흑보석 같은 눈

황금색 살빛

자비와 인과 맑은 마음과

충과 효와 정렬과

예의와 겸손과

근면과 화평과,

이러한 정신,

이러한 문화,

온유하고 순후한

10억의 운명이 달린 결전.

거룩한 우리 향토

아세아의 성역을

짓밟아 더럽히던,

적을 쫓으라 하옵신 결전.

이 싸움 이기고 나서
아세아 사람의 아세아로
천년의 태평이 있을 때
그 어떤 문화가 필 것인가.
아세아는 세계의 성전
세계의 낙원, 이상향
신앙과 윤리와 예술의 원천
그러한 아세아를 세우려고
맹수 독충을 몰아내는 성전
일본 남아의 끓는 피로
아세아의 해와 육을
깨끗이 씻어내는 성전

이 성전의 용사로
부름 받은 그대 조선의 학도여
지원하였는가, 하였는가
특별지원병을

그대, 무엇으로 주저하는가

부모 때문인가

충 없는 효 어디 있으리,

그대 처자를 돌아보는가

이 싸움 안 이기고 어디 있으리

부모길래, 처자길래, 가라, 그대여,

병역의 의무 없이도

가는 그대의 의기

그러므로 나라에서

특별지원병이라 부르시도다.

의무의 유무를 논하리,

이 사정 저 형편 궁리하리,

제만사 제잡담하고

나서라 조선의 학도여

그대들의 나섬은

그대들의 충의, 가문의 영예,

삼천만 조선인의 생광이오, 생로,

1억 국민의 기쁨과 감사.

남아 한번 세상 나,

이런 호기 또 있던가,

일생일사는 저마다 다 있는 것,

위국충절은 그대만의 행운

가라 조선의 6천 학도여,

삼천만 동향인의 앞잡이 되라,

총후銃後 *의 국민의 큰 기탁과

누이들의 만인침萬人針 *을 받아 띠고 가라

　그가 우리 신문학사에 끼친 영향력을 볼 때 그의 행위는 이광수 개
인의 불행일 뿐만 아니라 우리 민족 전체의 치욕이다. 그가 일제 강
점기 때 쓴 친일 칼럼을 한번 보자. 도대체 그는 무슨 생각으로 이따
위 글을 썼는지 궁금하다.

　　"대체 내선일체內鮮一體(일본과 조선이 하나)란 무엇이냐 하면

---

* 총후銃後 전시 체제 아래서 전쟁 수행을 위해 적극 협력하는 것.
* 만인침萬人針 원래는 천인침千人針(센닌바리). 출정 병사의 무사를 빌기 위해 천 명
　의 여자가 한 땀씩 바느질한 군복.

내가 재래의 조선적인 것을 버리고 일본적인 것을 배우는 것이다. 일언이폐문하면 이것이다. 그리하여서 조선 2천 3백만이 모두 호적을 떠들추어 보기 전에는 내지인(일본인)인지 조선인인지 구별할 수 없게 되는 것이 그 최후의 이상이다. 그러므로 내선일체가 되고 아니 되는 것은 오직 나의 노력 여하에 달린 것이다. 그런데 이것이 일조일석에 될 것은 아니지마는 우선 일본 국민이기에 필요한 것은 성화같이 습득하지 아니하면 아니 될 것이니 이것이 빨리 되면 빨리 조선인에게 행복이 오고 더디게 오면 더디게 행복이 오고 만일 조선인이이 공부에 게으르면 마침내 올 것이 아니 오고 말 것이다.

그러면 시급한 것이란 무엇이냐. 그것은 첫째가 황실에 대한 충성의 정조의 함양이다. 일본인의 황실에 대한 감정은 실로 독특한 것이어서 조선인으로서 그 정도에 달하자면 깊고 많은 공부가 필요한 것이다. 항용 우리 조상 네가 충군애국이라던 그러한 충이 아니다.

일본인의 충에 대한 감정은 한자의 '충忠'자만으로는 설명할 수 없는 것이니 도리어 유태인의 여호와에 대한 충에 접할 것이다. 일본인은 내가 향유한 모든 행복을 천황께서 받잡은 것으로 생각한다. 내 토지도 천황의 것이오, 내 가옥도 천황의 것이오, 내 자녀도 천황의 것이오, 내 몸도 생명도 천황의 것이라고 생각한다. 천황께로부터 받자온 몸이길래 천황이 부르시면 언제나 부탕도화라도 한다는 것이오. 자녀도 재산도 천황께서 받자온 것이매 천황께서 부르시면 고맙게 바친다는 것이다. 천황은 살아계신 하느님이신 때문이다. 이것이 지나나 구주의 군주애 신민 관계와 판이한 점이다.

조선인은 이 점을 바로 파익하여야 한다. 그 순간부터 내게 있는 모든 것은 다 천황께서 주신 것으로 따라서 언제든지 천황께 바칠 것으로 깨달아야 한다. 이것이 마음의 신체제의 초석이다.

더구나 조선 민중은 과거에는 황은을 편파하여 왔거니와 앞으로 의지하고 안길 곳이 진실로 황은밖에 없는 것이다. 조선인은 앞으로 내지인보다도 더욱 많은 황은에 답하지 아니하면 아니 될 처지에 있느니 따라서 더욱 많이 천황께 대해 감사와 충성을 바치지 아니하면 아니 될 것이다. 이러한 일은 말씀하기 황송한 일이기 때문에 말로 다하기 어려운 것이니 오직 마음으로 깊이 생각하는 자는 다 절실히 깨달을 것이다."

뭐 더 할 말이 없다. 그가 쓴 글을 지금 우리가 읽을 줄 알았더라도 그는 이런 글을 썼을까? 그러므로 글을 쓴다는 일은 참으로 무섭고 두려운 일이다. 사람은 죽어도 글은 이렇게 역사에 시퍼렇게 살아남는 것이기 때문에.

〈모든 것을 바치리〉라는 이광수의 친일시를 하나만 더 보자.

황은 지극하옵시니
피로써 나라를 직히라고
말씀하옵신 지 얼마 안 되여
이제 또 정치적으로 황운을
익찬하야 받들라고 하옵신다
조선의 아들들이 총을 들고
전선에서 싸우는 것과 같이
충성스런 경륜을 안고
의정단상에 나서리
병역이 엄숙하나 의무이며
존귀하나 신민의 특권이었드시
국정참여는 공민의 특권인 동시에
극히 엄정한 의무이니라
황국은 압서 3천만의
폐하의 고굉股肱을 더하얏슴과 가치

황국은 이제 또 3천만의

보필의 신을 더하얏다

일억일체로 황국을 직히자

일억일체로 황모를 익찬하자

이제 피彼와 차此가 업다

오즉 하나니라, 이아 오즉 하나

니라

자, 조선의 동포들아

우리들이 잇슴으로써

이 큰 싸흠을 이기게 하자

우리들이 잇슴으로써

대아세아 건설을 완수시키자

이럼으로써 비로소

큰 은혜에 보답하야 밧듬이 되리라

아아 조선의 동포들아

우리 모든 물건을 바치자

우리 모든 땀을 바치자

우리 모든 피를 바치자

징병령을 축하하는 내용을 담은 '징병보험' 광고 〈조광〉 1943년 7월 호에 게재되었다.

동포야 우리들, 무엇을 애끼랴

내 생명에서 나온 것이라고 말하지 말지어다

내 생명 그것조차 바쳐올리자

우리 님금님께, 우리 님금님께

마쓰이 오장 송가

"한 송이의 국화꽃을 피우기 위해 봄부터 소쩍새는 그렇게 울었다 보다"로 시작하는 미당 서정주의 이 시는 우리 문학사의 '고전'이자 살아 있는 표상이라고 해도 과언이 아니다. 전 국민이 다 외우는 〈국화 옆에서〉와 더불어 "나를 키운 건 팔 할이 바람"이라는 〈자화상〉의 첫 구절 역시 많은 사람들이 인용하고 있는 대표적인 시이다. 그런 그가 일제 말기에 그의 시적 재능을 일제에 대한 찬양과 황국신민화 정책의 선전에 쏟아부었다. 또한 조선 청년들에게 일본을 위한 전쟁에 나가서 싸우다 죽을 것을 강력히 권했다.

　이렇듯 서정주를 온전히 알기 위해서는 '친일'을 빼놓을 수는 없다. 교과서에서는 잘 다루지 않는 그의 친일시를 한번 만나 보자.

바로 '마쓰이'라는 한국 출신의 오장을 태평양 전쟁에 보내면서 쓴
시다.

아아 레이테만은 어데런가
언덕도
산도
뵈이지 않는
구름만이 둥둥둥 떠서 다니는
몇 천 길의 바다런가

아아 레이테만은
여기서 몇 만 리런가……

귀 기울이면 들려오는
아득한 파도소리……
우리의 젊은 아우와 아들들이
그 속에서 잠자는 아득한 파도소리……

얼굴에 붉은 홍조를 띠우고

'갔다가 오겠습니다…'

웃으며 가드니

새와 같은 비행기가 날아서 가드니

아우야 너는 다시 돌아오진 않는다

마쓰이 히데오!

그대는 우리의 오장 우리의 자랑.

그대는 조선 경기도 개성 사람

인씨印氏의 둘째 아들 스물한 살 먹은 사내

마쓰이 히데오!

그대는 우리의 가미가제 특별공격대원

귀국대원

귀국대원의 푸른 영혼은

살아서 벌써 우리게로 왔느니

우리 숨 쉬는 이 나라의 하늘 위에

조용히 조용히 돌아왔느니

우리의 동포들이 밤과 낮으로

정성껏 만들어 보낸 비행기 한 채에
그대, 몸을 실어 날았다간 내리는 곳
소리 있이 벌이는 고흔 꽃처럼
오히려 기쁜 몸짓 하며 내리는 곳
조각조각 부서지는 산더미 같은 미국 군함!

수백 척의 비행기와
대포와 폭발탄과
머리털이 샛노란 벌레 같은 병정을 싣고
우리의 땅과 목숨을 뺏으러 온
원수 영미의 항공모함을
그대
몸뚱이로 내려져서 깨었는가?
깨뜨리며 깨뜨리며 자네도 깨졌는가-

장하도다
우리의 육군항공 오장伍長 마쓰이 히데오여
너로 하여 향기로운 삼천리의 산천이여
한결 더 짙푸르른 우리의 하늘이여

아아 레이테만은 어데런가

몇 천 길의 바다런가

귀 기울이면

여기서도, 역력히 들려오는

아득한 파도소리……

레이테만의 파도소리……

이 시는 미당이 1944년 12월 총독부 기관지인 〈매일신보〉에 발표
한 대표적인 친일시다. '자살 특공대'로 알려진 자살 강요를 숭고한
애국 행위로 한껏 찬양하고 있는 시다. 그가 전두환의 생일에 축시
를 쓴 것도 어쩌면 같은 맥락에서 나온 자연스러운 행동인지도 모르
겠다. 어쨌든 〈일장기 앞에서〉라는 시를 하나 더 읽어 보자.

이날은 대성전기념일도 축제일도 아니었다.

그러나 나는 그 받은 깃대에 국기를 한번 꽂아보고

싶어서 견딜 수가 없었다.

나는 오히려 땀까지 흘려가며 벽장 속에서 국기를 꺼내어

그 깃대에 매었다.

탄탄한 깃대에 비해서는 벌써 장만한 지 해가 겹친 국기의

깃폭은 낡아 보였다. 나는 부끄러운 생각이 들었다.

왜 뒷집에서 깃대를 주려고 생각을 하고 있을 때에

나는 거기에 맞추어야 할 새로운 깃폭을 준비할 생각은 하지

못하였던 것인가.

나는 깃대에 꽂힌 국기를 방 아랫목에 세워두고

한참동안 합장을 하고 있었다.

그의 말대로, 대성전 기념일도 축제일도 아닌 날에, 일장기를 너무 꽂아 보고 싶어서 일장기를 깃대에 맨 후, 일장기를 방 아랫목에 세워두고 한참 동안 합장하고 서 있는 서정주의 모습을 한번 상상해 보자. 그런데 그는 또 해방 후, 근신하고 자숙해야 할 마당에 친일을 변명하는 다음과 같은 시를 쓰기도 했다.

그러나 이 무렵의 나를

'친일파'라고 부르는 데에는 이의가 있다.

'친하다'는 것은

사타구니와 사타구니가 서로 친하듯 하는

뭐 그런 것도 있어야만 할 것인데

내게는 그런 것은 전혀 없었으니 말씀이다.

'부일파附日派'란 말도 있긴 하지만

거기에도 나는 해당되지 않는 걸로 안다.

일본에 바짝 다붙어 사는 걸로 이익을 노리자면

끈적끈적 잘 다붙는 무얼 가졌어야 했을 것인데

나는 내가 해준 일이 싼 월급을 받은 외에

그런 끈끈한 걸로 다붙어 보려고 한 일은

단 한 번도 없었기 때문이다.

나는 이때 그저 다만,

좀 구식의 표현을 하자면―

'이것은 하늘이 이 겨레에게 주는 팔자다' 하는 것을

어떻게 해서라도 익히며 살아가려 했던 것이니

여기 적당한 말이려면

'종천순일파從天順日派' 같은 것이 괜찮을 듯하다.

이때에 일본식으로 창씨개명까지 하지 않을 수 없었던

우리 다수 동포 속의 또 다수는

아마도 나와 의견이 같으실 듯하다.

친일하게 된 이유에 대해 "일본이 그렇게 쉽게 항복할 줄은 꿈에
도 몰랐다. 못 가도 몇 백 년은 갈 줄 알았다"는 미당의 고백은 솔직

하기는 하다. 그러나 거꾸로 뒤집어 보면, 일제가 1945년 8월에 패망하지 않았으면 그의 친일 행위는 더 연장되었을 것이란 말과 똑같다. 일제의 참혹한 상황에서 고통받는 수많은 우리 민족에게 징병 가라, 학병 지원해라, 가미가제의 자살은 숭고한 애국 행위니 본받아라, 혈서로 군속 지원을 하는 젊은이를 따르라고 한 게 모두 '종천從天, 하늘의 뜻이었다는 것이다. 그의 시 내용대로라면 당시에 일제의 가혹한 탄압을 무릅쓰고 나라 안팎에서 목숨을 걸고 항일운동을 한 애국지사들은 모두 '하늘의 뜻을 거스른' 사람들인가? 자꾸 감정이 앞서려고 해서 그만 줄여야 할 것 같다.

모윤숙

호산나 소남도

2월 15일 밤!

대아시아의 거화!

대화혼의 칼을 번득이자

사슬은 끊이고

네 몸은

한 번에 풀려 나왔다

처녀야! 소남도^{昭南島}의 처녀야!

거리엔 전승의 축배가 넘치는 이 밤

환호소리 음악소리 천지를 흔든다

소남도!

대양의 심장!

문화의 중심지!

여기 너는 아세아의 인종을 담은 채

길이길이 행복 되라

길이길이 잘살아라

일본군의 싱가포르 함락을 찬양한 시로, 아시아의 약소 민족국가를 점령한 것을 미화하고 있다. 싱가포르를 당시 '소남도'로 불렀는데, 이 시에서 모윤숙은 서구에 대한 '동방'의 단결을 강조하고 일본의 싱가포르를 침략을 일본이 싱가포르를 해방시켜 준 것으로 말하는 일본의 입장을 옹호하고 있다.

모윤숙은 함경남도 원산에서 태어났다. 개성의 호수돈여자고등보통학교와 경성부의 이화여자전문학교를 졸업했다. 이후 교사로 근무하는 동안 〈피로 색인 당신의 얼골을〉(1931)을 〈동광〉지에 발표하면서 등단했다. 그 후 시인, 기자 등으로 활동했다. 모윤숙은 초기부터 외국 문학에 관심을 가지고 해외문학파와 가까이 지냈고, 감상적인 장편 산문시집 〈렌의 애가〉(1937)로 대중적으로 널리 알려진 시인이 되었다. 태평양 전쟁 중 각종 친일 단체에 가입하여 강연 및 저술 활동으로 전쟁에 협력했다. 조선문인협회, 임전대책협의회

(1941), 조선교화단체연합회(1941), 조선임전보국단(1942), 국민의용대(1945) 등에 가입하여 친일 강연을 하러 다녔다. 〈매일신보〉 등 신문에는 뻔질나게 친일 논설을 기고했다. 특히 일본 제국주의의 대동아공영권 논리를 형상화한 〈동방의 여인들〉(1942), 지원병으로 참전할 것을 독려하는 시 〈어린 날개 – 히로오카 소년 학도병에게〉(1943), 〈아가야 너는 – 해군 기념일을 맞아〉(1943), 〈내 어머니한 말씀에〉(1943) 등을 연달아 발표했다. 따라서 그는 이 시기에 비슷한 주제의 시들을 창작한 노천명과 함께 여류 문인 중 가장 노골적인 친일파로 분류되고 있다. 민족정기를 세우는 국회의원모임의 친일파 708인 명단과 민족문제연구소의 친일인명사전 수록 예정자 명단에 모두 선정되었고, 총 12편의 친일 작품이 밝혀져 2002년 발표된 친일 문학인 42인 명단에도 포함되어 있다. 그런데도 그는 조금의 반성과 참회도 없이 자신의 회고록에 다음과 같이 밝히고 있다.

"첫 시집을 낼 때 고초를 당했다. 〈조선의 딸〉과 〈생명을〉이란 시 때문에 1940년 구류를 살았다. 모리 데루로 개명하라는 일제의 압력을 거했다. 창씨개명을 하지 않아 경기도 경찰국으로 끌려가 취조를 당했다."

광복 후에는 미군정 치하에서부터 이승만과 밀착하여 단독 정부 수립에 협력하였다. 모윤숙은 남한에서만의 선거를 반대하던 크리슈나 메논 유엔 한국위원장을 남한의 독자적 선거안에 찬성표를 던지게 한 것으로 알려져 있다. 이후 더욱 화려한 경력을 쌓았다. 국제 펜클럽 한국본부 회장, 국회의원 등을 역임했고, 국민훈장 모란장, 금관 문화훈장들을 받았다. 친일파에게 이렇게 큰 훈장을 주는 거꾸로 된 나라이니 저런 거짓말을 아무런 부끄러움도 없이 했던 것이다.

〈동방의 여인들〉이라는 시를 하나 더 보자.

새날이라서
상 차려 즐기지 않겠습니다.
입던 옷 그대로
먹던 밥 그대로
달 가워 새아침을 맞이하렵니다.

동은 새로 밝고
바람은 다시 맑아졌습니다.
훤한 하늘 사이로

힘차게 나는 독수리나래
쳐다보며 호흡을 준비합니다.

비단치마 모르고
연지분도 다아 버린 채
새 언덕을 쌓으리라.
온갖 꾸밈에서
행복을 사려던 지난날에서
풀렸습니다
벗어났습니다.

들어보세요
저 날카로운 바람 사이에서
미래를 창조하는
우렁찬 고함과
쓰러지면서도
다시 일어나는
산 발자국 소리를.

우리는 새날의 딸

동방의 여인입니다

조선 여인은 일본의 서양 정복전에 협력하고 대동아 공영권의 이
념을 살려야 한다, 민족 관념을 버리고 동방의 여인이 되어야 한다
는 얘기다.

님의 부르심을 받들고서

일본은 '내선일체'라는 명목으로 우리나라 사람들을 노무자, 군인으로 끌고 갔다. 영국, 미국과 싸우면서 우리 민족을 총알받이로 쓰려고 했던 것이다. 다음은 이런 일제를 찬양하고 미화한 노천명의 시다.

남아면 군복에 총을 메고
나라 위해 전장에 나감이 소원이리니

이 영광의 날
나도 사나이였드면 나도 사나이였드면
귀한 부르심 입는 것을—

갑옷 떨쳐입고 머리에 투구 쓰고
창검을 휘두르며 싸움터로 나감이
남아의 장쾌한 기상이어든—

이제
아세아의 큰 운명을 걸고
우리의 숙원을 뿜으며
저 영미英米를 치는 마당에랴

영문營門으로 들라는 우렁찬 나팔소리—

오랜만에
이 강산 골짜구니와 마을 구석구석을
흥분 속에 흔드네—

'님의 부르심'이라는 것도 결국, 일본 천황의 '일시동인一視同仁', 조
선인과 일본인을 똑같이 사랑한다는 허울 좋은 사탕발림 앞에 전쟁
터에 나가서 일본인과 똑같이 싸우다 죽고, 일본을 위해서 죽으라는
전시 동원령에 지나지 않는다. '아세아의 큰 운명'이라는 것 역시, 일

본의 아시아 침략이 곧 서구 열강의 침략을 막고, 황인종끼리 소위 대동아 공영권을 이룩하자는 것으로 미화한 일본 군국주의자들의 망언에서 비롯된 것이다. 2차 대전에 참전하면서 일본은 우리 민족에게도 영국과 미국에 대한 적개심을 불어넣으려고 했다. 우리 민족과는 전혀 상관없는 전쟁에서 우리 민족을 총알받이로 쓰려고 별의별 미친 헛소리를 다 한 것이다. 그리고 일제는 그런 사상을 우리 민족에게 주입시키려고, 각계의 저명한 지식인들을 회유해서 친일 행각을 벌이게 했다. 그렇게 탄생한 시가 바로 이 시다. 시라고 할 수도 없는, 선전 문구와 전혀 다를 게 없는 시다. 같은 제목으로 시인들이 돌아가며 〈매일신보〉에 연재를 했다.

"모가지가 길어서 슬픈 짐승이여"로 시작하는 유명한 〈사슴〉을 쓴 시인이 "군복에 총을 메고 나라 위해 전쟁터에 나가는 게 소원이라면서, 나도 사나이였다면 일본 천황의 귀한 부르심 받는 건데, 내가 남자였다면 갑옷 입고 머리에 투구 쓰고 창검을 휘두르며 싸움터로 나갔을 것인데"와 같은 노골적인 친일시를 썼다는 게 참 서글프다. 일본군은 1942년 2월 15일 말레이반도 남단 싱가포르를 공략했는데, 당시 영국의 식민지였던 말레이, 싱가포르 작전에서 기대 이상의 승리를 거두었다. 이 승리를 축하하는 제 1차 승전 축하회가 전국에서 개최되었는데, 이 시는 모윤숙의 시와 함께 그 같은 분위기 속에서 발표된 것이다.

노천명의 친일시는 대단히 많다. 몇 개 더 보자.
먼저 〈부인근로대〉라는 시를 보자.

부인근로대 작업장으로

군복을 지으러 나온 여인들

머리엔 흰 수건 아미 숙이고

바쁘게 나르는 흰 손길은 나비인가

총알에 맞아 뚫어진 자리

손으로 만지며 기우려 하니

탄환에 맞던 광경이 머리에 떠올라

뜨거운 눈물이 피잉 도네

한 땀 두 땀 무운을 빌며

바늘을 옮기는 양 든든도 하다

일본의 명예를 걸고 나간 이여

훌륭히 싸워주 공을 세워주

나라를 생각하는 누나와 어머니의 아름다운 정성은

오늘도 산만한 군복 위에 꽃으로 피었네

우리 여성들이 빨리 정신대로 나가 일본군을 위해 노동을 하라는 내용의 시다. 부인근로대는 일본군을 위해 끌려간 정신대를 말한다. 일제는 남자들을 노무자나 군인으로 끌고 갔고 여자들은 정신대로 끌고 갔다. 물론 일본군의 성적 노리개로 끌고 간다는 사실은 썩 감춘 채, 일본 군인을 위해 군복을 짓고, 군복을 깁는 등 공장에서 일하는 것으로 속이고 끌고 간 것이다. 이 시는 근로정신대를 미화하고, 더 많은 여성들을 근로정신대로 끌고 가기 위한 선전 수단으로 사용된 시다.

모윤숙의 〈호산나 소남도〉와 비슷한 시를 보자. 제목은 〈싱가폴 함락〉이다.

아세아의 세기적인 여명은 왔다
영미의 독아에서
일본군은 마침내 싱가폴을 뺏아내고야 말았다

동양 침략의 근거지

온갖 죄악이 음모되는 불야의 성
싱가폴이 불의 세례를 받는
이 장엄한 최후의 저녁

싱가폴 구석구석의 작고 큰 사원들아
너의 피를 빨아먹고 넘어지는 영미를 조상하는 만종을 울려라

얼마나 기다렸던 아침이냐
동아민족은 다 같이 고대했던 날 아니냐
오랜 압제 우리들의 쓰라린 추억이 다시 새롭다

일본의 태양이 한번 밝게 비치니
죄악의 몸뚱이를 어둠의 그늘 속으로
끌고 들어가며 신음하는 저 영미를 웃어줘라

점잖은 신사풍을 하고
가장 교활한 족속이여 네 이름은 영미다
너는 신사도 아무것도 아니었다
조상을 해적으로 모신 너는 같은 해적이었다

쌓이고 쌓인 양키들의 굴욕과 압박 아래
그 큰 눈에는 의혹이 가득히 깃들여졌고
눈물이 핑 돌땐 차라리 병적으로
설웃음을 쳐버리는 남양의 슬픈 형제들이여

대동아 공영권이 건설되는 이날
남양의 구석구석에서 앵글로색슨을 내모는 이 아침

우리들이 내놓는 정다운 손길을 잡아라
젖과 꿀이 흐르는 이 땅에
일장기가 나부끼고 있는 한
너희는 평화스러우리 영원히 자유스러우리

얼굴이 검은 친구여!
머리에 터번을 두른 형제여!

잔을 들자
우리 방언을 서로 모르는 채
통하는 마음 굳게 뭉쳐지는 마음과 마음

종려나무 그늘 아래 횃불을 질러라

낙타 등에 바리바리 술을 실어 오라

우리 이날을 유쾌히 기념하자

다음은 〈승전의 날〉이라는 시다.

거리거리에 일장 깃발이 물결을 친다

아세아 민족의 큰 잔칫날

오늘 「싱가폴」을 떠러트린 이 감격

고흔 처녀들아 꽃을 꺽거라

남양 형제들에게 꽃다발을 보내자

비둘기를 날리자

눈이 커서 슬픈 형제들이여

대대로 너이가 섬겨온 상전 영미는

오늘로 깨끗이 세기적 추방을 당하였나니

고무나무가지를 꺽거들고 나오너라

종려나무 잎사귀를 쓰고 나오너라

오래간만에 가슴을 열고 우서 보지 않으려나

그 처참하든 대포소리 이제 끝나고

공중엔 일장기의 비행기 햇살에 은빛으로 빛나는 아침

남양의 섬들아 만세를 불러 평화를 받어리

다음은 〈기원〉이라는 시다.

신사의 이른 아츰

뜰엔 비질한 자욱 머리비슷듯 아직 새로운데

겸허히 나와 손 모으며 기원하는 여인이 있다

일본의 전 아세아의

무운을 비는 청정한 아츰이여라

어머니의 거룩한 정성

안해의 간절한 기원

아버지를 위한 기특한 마음들.

> 같은 이 시간 방방곡곡 신사가 있는 곳
> 아름다운 이런 정경이 비쳐지고 있으리

일본군의 무운을 비는 여인들이 일본 신사가 있는 방방곡곡에서 손을 모으고 기원한다는 얘기다. 점입가경이다. 그래도 세상의 눈총을 의식해서일까? 그녀는 복잡 미묘한 감정이 드러나는 다음과 같은 시도 남겼다.

고별

> 어제 나에게 찬사와 꽃다발을 던지고
> 우뢰 같은 박수를 보내주던 인사들
> 오늘은 멸시의 눈초리로 혹은 무심히
> 내 앞을 지나쳐 버린다

> 청춘을 바친 이 땅
> 오늘 내 머리에는 용수가 씌여졌다

> 고도에라도 좋으니 차라리 머언 곳으로 - 나를 보내다오

근로 정신대 일제는 일본군을 위해 일한다는 미명하에 이 땅의 여성들을 '근로정신대'라는 이름으로 끌고 가 성적 노리개로 삼았다.

뱃사공은 나와 방언이 달라도 좋다

내가 떠나면

정든 책상은 고물상이 업어갈 것이고

애끼던 책들은 천덕구니가 되어 장터로 나갈 게다

나와 친하던 이들 또 나를 시기하던 이들

잔을 들어라 그대와 나 사이에

마지막인 작별의 잔을 높이 들자

우정이라는 것 또 신의라는 것
이것은 다 어디 있는 것이냐
생쥐에게나 뜯어먹게 던져 주어라

온갖 화근이었던 이름 석 자를
갈기갈기 찢어서 바다에 던져 버리련다
나를 어디 떨어진 섬으로 멀리 멀리 보내다오

눈물 어린 얼굴을 돌이키고
나는 이곳을 떠나련다
개 짖는 마을들아
닭이 새벽을 알리는 촌가들아
잘 있거라

별이 있고
하늘이 보이고
거기 자유가 닫혀지지 않는 곳이라면—

노천명의 경우를 보면서 처음에는 막 화가 나다가 나중에는 '아, 도대체 글이란 무엇인가? 시인은 도대체 무엇을 어떻게 써야 하는가?' 하는 생각이 든다.

김동환

권군 취천명
—특별지원병에게 보내는 한 시인의 편지

그대는 20대 우리는 40대

부자 이대 서로 나란히 서서 전장에 내닫세

다만 오늘은 그대 선진先陣되고 내일날 우리 뒤따르리

안 나서면 무얼 하나

못 쳐서 오륙십 살면 무얼 하나

차라리 한두 해도 번듯하게 살아버리지.

번듯하게 사는 길이란—

제 목숨 나라에 바쳐, 나라가 그 생사 맡아주심일레

그러면 살 제는 후하게 따뜻하게 뜻같게 하여주시고

죽을 젠 그 자리 거룩하고 높게 꾸며주시네
지금, 조국은 전쟁하는 때
살고 죽고를 더욱더 군국軍國에 바칠 때일세

이인석 군은 우리에게 보여주지 않았던가
그도 병兵되어 생사를 니리에 바치지 않았넌들
지금쯤 충청도 두메의 이름 없는 농군이 되어
베옷에 조밥에 한평생 묻혀 지내었겠지
웬걸 지사, 군수가 그 무덤에 절하겠나
웬걸, 폐백과 훈장이 그 제상에 내렸겠나.

그대 안 나가면 어떻게 되나-
변호사를 하겠지, 교사나 중역이 되겠지
그러나 한편 남대문과 종로에 폭탄이 떨어지고
그대의 처자는 미영병米英兵에 모욕을 당하면 어떻게 하리
이 일은 파리 대학생과 이태리 학도들이 먼저 모범을 보여주
지 않았는가
조국을 나아가 막지 않는 자엔 천벌이 내리느니라

또 그대가 안 나가고 이불을 쓰고 드러누울 수는 있겠나,

명춘^{明春}엔 동생 되는 중학생 수만이 징병으로 나서고

보국대로 좌우친화^{左右親和}가 괭이 들고 자꾸 나서고

소년들까지 징용공으로 공장에 나갈 적에

양심 있고 의리 있는 그대, 나가지 말란들 그리 될까

어서 하루 급히 나서라, 벗이여, 학우여!

오오, 조선 동포의 대표여 꽃이여

오오, 제국의 수재여, 빛이여

오오, 폐하의 고굉^{股肱}이여, 나라의 기둥인 그대여

부명^{父命}을 받들고 어서 나서라!

군명^{君命}을 받들고 어서 나서라!

때는 급하느니, 천명을 받들고 어서어서 나서시라.

앞에서 본 장편 서사시 〈국경의 밤〉을 쓴 김동환의 시다. '조국을
나아가 막지 않는 자엔 천벌이 내릴 것'이라고 저주하면서, 젊은이
들에게 '성전'에 나가 빨리 죽으라고 외쳐대고 있다. '특별지원병에
게 보내는 한 시인의 편지'라는 부제가 붙은 이 시는 지원병으로 나
가 전사한 이인석 군에 관한 이야기를 통해 조국의 젊은이들에게 일
제가 벌인 전쟁의 총알받이가 될 것을 강력하게 권하고 있다. 하기

야 이런 것도 시라고 해야 할지 모르겠다.

사실 김동환의 친일 행각은 문필 활동 쪽보다는 단체 활동 쪽이 훨씬 활발한 편이었다. 그의 이름이 들어가지 않은 친일단체가 없을 정도였다. 가장 두드러진 것은 뭐니 뭐니 해도 자신이 직접 경영하던 《삼천리》라는 잡지를 통한 친일이었다. 1942년에는 잡지명을 아예 《대동아》 바꾸면서 노골적인 친일에 나섰다.

그는 자신만이 아니라 자신의 아내인 소설가 최정희까지 앞세워 1942년 군복 수리 작업 등의 근로를 하는 '조선임전보국단 부인대'를 만들게 했는데, 이 단체의 간부가 김활란, 임영신, 박마리아, 박순천, 노천명, 모윤숙 등이었다.

청산하지 못한 역사, 친일파

일제하의 친일은 계층 및 신분에 따라 지주·자본가, 지식인, 경찰·관료·군인 등으로 분류할 수 있다. 이들 중에는 자진해서 친일을 한 자도 있고, 피동적으로 친일을 한 사람도 있었다.

친일 지주·자본가들은 국방비를 내거나, 비행기 및 금품을 헌납하는 한편 도·부·읍·면 의원이 되어 일제가 조선을 쉽게 지배할 수 있도록 도와주었다. 또 친일 단체에 가입하여 친일을 선동함으로써 일제의 수탈에 동조했다.

이들 뿐만 아니라 민족 사회의 지성을 대표하는 지식인들 중에 친일 행위를 하는 이들도 많았다. 이들은 조선문인협회·조선임전보국단·국민총력조선연맹 등의 친일 단체에 가입하여 지원병·학병 지원을 선동하고 강연·방송·좌담회·담화 발표 등을 하면서 내선일체·총력 체제의 생활화나 내핍을 강조했고 시·소설·수필·논문 등의 친일 작품을 썼다. 또한 유명 미술가들 중에 일제의 전시 체제에 맞추어 전쟁 동원 분위기를 조성하는 그림을 그리는 친일파도 많았다. 지식인의 친일 행위는 국민 의식에 직접적인 영향력을 미쳤다는 점에서 지주, 자본가나 경찰, 관료·군인의 친일 행위와는 근본적으로 성격이 달랐다고 할 수 있다.

두 번째로 일제 식민 체제의 상징적 존재라고 할 수 있는 친일 계층인 경찰·관료·군인이 있었다. 일제에 의해 식민 통치의 말단 집행요원인 경찰로 충원된 조선인들은 식민 정책, 즉 민족 말살 정책과 민중 수탈 정책을 직접 집행했다. 즉 일제의 손발이 되어 조선인에 대한 인적 · 물적 수탈뿐만 아니라 독립운동가 · 사상범 등의 검거 · 색출 · 투옥 · 고문을 자행했는데, 이는 일제가 직접적인 악행을 조선 경찰의 손에 의해 저지르게 함으로써 민족 분열을 도모하려는 정책에 말려든 결과다.

이러한 친일행위를 척결할 기회가 해방이 되면서 찾아왔다. 해방 후인 1948년 8월 '반민족행위처벌법'이 국회에서 통과되어 10월 국회에 반민족행위특별조사위원회(반민특위)를 구성하여 활동에 들어간 것이다. 그러나 이승만 대통령과 경찰은 이 활동을 계속 방해했고, 결국 1949년 5월 국회 프락치 사건, 6월 경찰의 반민특위습격사건 등을 겪으면서 와해되고 말았다. 반민특위에 의해 기소된 친일파 중에서 징역 이상의 형을 받은 사람은 14명에 불과했고, 이들도 1950년 봄까지 재심 청구 등으로 감형되거나 형 집행이 정지되어 모두 석방되었다. 이렇듯 친일파들은 해방 후에도 거의 척결되지 못하였을 뿐만 아니라 대부분 새로 들어선 대한민국 정부에서 주요한 지위까지 차지하고 말았다. 더구나 식민지 체제에서 가장 대표적인 친일파였던 경찰 · 관료는 해방 후에도 다시 경찰로 충원되었다. 1960년 5월 7일자의 동아일보 기사에 의하면 전국 경찰 총경의 70%, 경감의 40%가 일본 경찰 출신이었다고 한다. 또한 제1공화국 각료의 31.3%, 대법원의 68.4%가 친일 협력자였다고 한다. 이상의 자료에서 확인할 수 있듯이 친일파는 척결되지 못했을 뿐 아니라 오히려 권력과 재력을 바탕으로 점점 확고한 위치를 굳혀갔고, 그리하여 식민지에서 해방된 민족 국가의 명분이 제대로 설 수 없었다.

그나마 다행인 것은 1991년 친일인명사전 편찬을 설립 목적 가운데 하나로 삼고 민족문제연구소가 설립된 것이다. 2005년 사전에 오를 친일 인사 3,090명의 명단을 1차 발표했고, 2008년에는 친일인사들을 매국, 중추원, 관료, 경찰, 군, 사법, 종교, 문화예술, 언론출판 등 16개 분야로 나누어 선정하였다. 분야별로 보면 매국인사 24명, 수작 · 습작 138명, 중추원 335명, 일본제국의회 11

반민특위 활동 1949년 '반민족행위처벌법'에 따라 반민족행위특별조사위원회에 의해 체포된 피의자들이 법정에 들어서고 있다.

명, 관료 1,207명, 경찰 880명, 군 387명, 사법 228명, 친일단체 484명, 종교 202명, 문화예술 174명, 교육학술 62명, 언론출판 44명, 경제 55명, 지역 유력자 69명, 해외 910명 등 총 5,207명(중복자 포함)이며 중복 인사를 제외하면 〈친일인명사전〉에 수록된 인물은 4,776명이었다. 2009년 11월 8일 발간된 〈친일인명사전〉에는 문학 부문은 41명이 포함되었는데 그중 낯익은 사람들도 많다. 그 명단을 한번 보자.

곽종원, 김기진, 김동인, 김동환, 김억, 노천명, 모윤숙, 박영희, 박팔양, 백철, 서정주, 유진오, 윤해영, 이광수, 이무영, 이원수, 장덕조, 정비석, 조연현, 주요한, 채만식, 최재서, 최정희 등.

3장

한겨울에도 꼿꼿하게
살아 있는 나무

국어 선생님의 한국 근대사 강의 어두운 시대의 한 줄기 빛,
저항시

홍사용

나는 왕이로소이다

나는 왕이로소이다. 나는 왕이로소이다. 어머니의 가장 어여쁜

아들 나는 왕이로소이다.

가장 가난한 농군의 아들로서……

그러나 시왕전十王殿 *에서도 쫓기어 난 눈물의 왕이로소이다.

"맨 처음으로 내가 너에게 준 것이 무엇이냐" 이렇게 어머니께서

물으시며는

"맨 처음으로 어머니께 받은 것은 사랑이었지요마는 그것은 눈

* 시왕전十王殿 저승에서 죽은 사람을 재판하는 열 명의 대왕을 모신 집. 죽은 날부터
49일까지는 7일마다, 그 뒤에는 백일 · 소상小祥 · 대상大祥 때에 차례로 이들에 의
하여 심판을 받는다고 한다.

물이더이다"하겠나이다.

　다른 것도 많지요마는……

　"맨 처음으로 네가 나에게 한 말이 무엇이냐?" 이렇게 어머니께서 물으시며는

　"맨 처음으로 어머니께 드린 말씀은 '젖 주셔요' 하는 그 소리였읍니다마는, 그것은

　'으아-' 하는 울음이었나이다" 하겠나이다. 다른 말씀도 많지요마는……

　이것은 노상 왕에게 들리어 주신 어머님의 말씀인데요.

　왕이 처음으로 이 세상에 올 때에는 어머님의 흘리신 피를 몸에다 휘감고 왔더랍니다.

　그 말에 동네의 늙은이와 젊은이들은 모두 "무엇이냐"고 쓸데없는 물음질로 한창 바쁘게 오고 갈 때에도

　어머님께서는 기꺼움보다도 아무 대답도 없이 속 아픈 눈물만 흘리셨답니다.

　벌거숭이 어린 왕 나도 어머니의 눈물을 따라서 발버둥치며, '으악' 소리쳐 울더랍니다.

그날 밤도 이렇게 달 있는 밤인데요.

으스름달이 무리 서고, 뒷동산에 부엉이 울음 울던 밤인데요.

어머니께서는 구슬픈 이야기를 하시다가요,

일 없이 한숨을 길게 쉬시며 웃으시는 듯한 얼굴을 어른 숙이시더이다.

왕은 노상 버릇인 눈물이 나와서 그만 끝까지 섧게 울어버렸소이다. 뜻은 도무지 모르면서도요.

어머니께서 조으실 때에는 왕만 혼자 울었소이다.

어머니의 지으시는 눈물이 젖 먹는 왕의 뺨에 떨어질 때이면 왕도 따라서 시름없이 울었소이다.

열한 살 먹던 오월 열 나흗날 밤 맨 잿더미로 그림자를 보러 갔을 때인데요, 덩이나 긴가 짧은가 보려고.

왕의 동무 장난꾼 아이들이 심술스럽게 놀리더이다. 모가지 없는 그림자라고요.

왕은 소리쳐 울었소이다. 어머니께서 들으시도록 죽을까 겁이 나서요.

나뭇군의 산॥ 타령을 따라가다가 건넌 산비탈로 지나가는 상둣군*의 구슬픈 노래를 처음 들었소이다.

그 길로 옹달우물로 가자고 지름길로 들어서며는 찔레나무 가시 덤불에서 처량히 우는 한 마리 파랑새를 보았소이다.

그래 철없는 어린 왕 나는 동무라 하고 좋아 가다가 돌부리에 걸리어 넘어져서 무릎을 비비며 울었소이다.

할머니 산소 앞에 꽃 심으러 가던 날 아침에

어머니께서는 왕에게 하얀 옷을 입히시더이다.

그리고 귀밑머리 단단히 땋아 주시며 "오늘부터는 아무쪼록 울지 말아라"

아아 그 때부터 눈물의 왕은 – 어머니 몰래 남모르게 속 깊이 소리 없이 혼자 우는 그것이 버릇이 되었소이다.

누우란 떡갈나무 우거진 산길로 허물어진 봉화烽火 뚝 앞으로 쫓긴 이의 노래를 부르며 어슬렁거릴 때에

바위 밑에 돌부처는 모른 체하며 감중연하고* 앉더이다.

아아, 뒷동산 장군바위에서 날마다 자고 가는 뜬구름은 얼마나

---

* 상돗군 상여를 메는 사람. 상여꾼喪輿–, 상두꾼喪––.
* 감중연하고 팔괘 중의 하나인 감괘, 여기서는 '태연히'의 뜻.

많이 왕의 눈물을 싣고 갔는지요.

　　나는 왕이로소이다. 어머니의 외아들 나는 이렇게 왕이로소이다.

　　그러나 눈물의 왕 – 이 세상 어느 곳에든지 설움이 있는 땅은 모
두 왕의 나라로소이다.

　제목이 거창하다. 시적 화자는 비록 왕이지만, 가장 가난한 농군
의 아들로서의 왕이요, 눈물의 왕이라고 말하고 있다. 자신을 비극
의 주인공으로 설정하여 식민지 시대를 살아가는 비애의 감정을 노
래하고 있다.

　일제의 압박 밑에서 신음하고 있는 서러운 조국의 현실을 보며 참
을 수 없는 민족의 설움을 노래한 시다. '어머니'는 바로 시인의 조국
임을 쉽게 알 수 있다.

　홍사용은 〈백조〉 동인이었지만 낭만적 영탄에 머물렀던 그들과는
달리 식민지 시대를 살아가는 억압적인 현실을 노래했다. 그는 일제
강압에도 끝까지 창씨개명을 하지 않았고, 죽어도 왜놈의 돈은 먹지
않겠다며 버텨 일제에 의해 주거 제한을 당하기도 했다. 당시 대부
분의 문학인들이 일본 유학을 하고 돌아 온 반면 그는 경제적인 여건
이 허락되었음에도 일본 유학을 하지 않았다. 그러나 백조파의 성원
이었다는 이유로 그의 작품과 삶에 대한 분석 없이 단순히 감상적인

낭만주의자로만 취급되었다. 그는 뚜렷한 역사의식 속에서 시를 통해 철저히 민족혼을 보존하기 위해 노력한 시인이다. 일제 침략기, 문학을 통해 암울한 현실과 대응하면서 자신의 정신세계를 지켜나간 인물이다.

한용운

당신을 보았습니다

당신이 가신 뒤로 나는 당신을 잊을 수가 없습니다.

까닭은 당신을 위하느니보다 나를 위함이 많습니다.

나는 갈고 심을 땅이 없으므로 추수가 없습니다.

저녁거리가 없어서 조나 감자를 꾸러 이웃집에 갔더니 주인은

'거지는 인격이 없다. 인격이 없는 사람은 생명이 없다. 너를 도와

주는 것은 죄악이다'고 말하였습니다.

그 말을 듣고 돌아 나올 때에 쏟아지는 눈물 속에서 당신을 보았

습니다.

나는 집도 없고 다른 까닭을 겸하여 민적民籍이 없습니다.

'민적 없는 자는 인권이 없다. 인권이 없는 너에게 무슨 정조냐' 하고 능욕하려는 장군이 있었습니다.

그를 항거한 뒤에 남에게 대한 격분이 스스로의 슬픔으로 화하는 찰나에 당신을 보았습니다.

아아, 온갖 윤리, 도덕, 법률은 칼과 황금을 제사지내는 연기인 줄을 알았습니다.

영원의 사랑을 받을까, 인간 역사의 첫 페이지에 잉크 칠을 할까, 술을 마실까 망설일 때에 당신을 보았습니다.

만해의 시들 중에서 보기 드물게 시대적 현실과의 연관성을 직접적으로 나타냈다. 민적民籍(요즘말로 하면 주민등록증(?))이 없으면 인권도 없다는 이유로 천대받고 능멸 당한 여인이 극한적인 절망과 비분 속에서 역설적으로 '당신'의 모습을 발견하고 있다. 조국을 잃은 절망을 희망과 의지로 극복하고 있다.

이 시에서 등장하는 '당신' 역시 한용운의 시에 자주 등장하는 '님'의 연장선상으로 사랑하는 님이자, 지금 나의 곁에는 없지만 잊을 수 없는, 늘 그리운 님으로 생각할 수 있다. 영원한 진리를 찾는 종교에 귀의할 것인가, 인간 역사를 부정할 것인가, 세속에 빠져 체념하고 타락해 버릴 것인가를 고민하다가도 역시 '당신'에게 돌아오고 있다.

만해는 평생을 승려와 독립운동가와 시인으로 살면서 많은 문학 작품을 남겼다. 시로는 시집 〈님의 침묵〉 88편 외에도 시 18수, 시조 32수, 동시 3수, 한시 163수 등 약 300여 편이 넘는 작품을 남겼으며, 소설로는 〈죽음〉, 〈흑풍〉, 〈후회〉, 〈박명〉, 〈철혈미인〉 등 5편, 번역서로 〈삼국지〉, 〈채근담〉 등이 있다.

그의 시조나 한시 등은 자연, 시간, 식물, 동물, 기행, 풍류 등 자신과 가까운 주변과 자신이 직접 겪었던 생활 얘기를 쓴 것들이 대부분이어서 소재가 매우 다양하며 이해하기도 쉽다. 특히 시조는 상투적이라 할만치 조선조 시조들의 형식과 내용을 많이 답습했다. 그러나 시조나 한시들에 비하여 만해의 시집 《님의 침묵》은 사실 난해시라 해도 좋을 만큼 이해하기가 쉽지 않다.

송욱은 시집 《님의 침묵》에 대해 "사랑을 노래한 서정시집이며, 조국을 빼앗긴 3·1 독립운동가가 조국의 운명을 슬퍼하고 그 독립에의 갈망을 담은 호국 정신에 의한 시집이며, 깊고 깊은 불타의 진리를 근간으로 하되 그 진리를 시적 형식을 통해 승화시킨 시집"이라고 말했는데, 시집 《님의 침묵》은 언뜻 보면 님과의 사랑을 노래한 쉬운 연애시 같기도 하지만 자세히 들여다보면 만해의 깊은 불교적이며 철학적인 사유를 시 안에 가득 담고 있다.

이육사

절정

이육사는 우리에게 윤동주만큼이나 잘 알려진 시인이다. 윤동주가
그랬듯이 육사도 해방을 보지 못하고 감옥에서 죽고 말았다.

그의 본명은 육사가 아니다. 1904년 음력 4월 4일 경상북도 안동
에서 이퇴계의 14대손으로 태어난 육사는 1925년에 항일 투쟁 단체
인 의열단에 가입하여 독립운동의 대열에 참여했다. 1931년 북경으
로 건너가 이듬해 조선군관학교 국민정부군사위원회 간부훈련반에
들어가서 두 해 뒤에 조선군관학교 제1기생으로 졸업하였다. 1943
년에는 일본 형사대에 붙잡혔는데, 해방을 일 년 남짓 앞둔 1944년 1
월 북경의 감옥에서 세상을 떠나기 전까지 그는 무려 열일곱 번이나
옥살이를 했다고 한다.

육사陸史라는 그의 호는 그가 스물네 살 되던 해인 1927년 처음으로 감옥에 갇혔을 때 그의 죄수 번호가 264번이어서 그것을 소리 나는 대로 적은 것에서 비롯된 것이라고 전해지고 있다.

> 매운 계절의 채찍에 갈겨
> 마침내 북방으로 휩쓸려 오다.
>
> 하늘도 그만 지쳐 끝난 고원
> 서릿발 칼날 진 그 위에 서다.
>
> 어디다 무릎을 꿇어야 하나
> 한 발 재겨 디딜 곳조차 없다.
>
> 이러매 눈감아 생각해 볼밖에
> 겨울은 강철로 된 무지갠가 보다

이 시에서 가장 눈에 띠는 것은 누가 뭐래도 마지막 행에 나와 있는 "겨울은 강철로 된 무지갠가 보다"라는 구절이다. 강철과 무지개, 즉 조화를 이루기 어려운 두 이미지의 결합이다. 강철의 단단함과 차가움의 이미지에 칠색 무지개의 화려한 이미지가 겹쳐지면서 비극적 자기 결단의 순간에 느끼는 황홀감을 나타낸 것이다. 다시 말해서 시인은 지금 겨울에 있다. 그 겨울은 강철 같으면서도 무지개 같기도 한 것이다. 깨지지 않을 만큼 차갑고 강고하고 그래서 희망이 없을 것 같은데, 그것을 또 무지개라는 희망으로 그려내는 시인의 마음을 느낄 수 있다.

이 시는 암담한 식민지 시대의 절망적 상황 속에서 그것을 극복하려는 의지를 표현한 작품이다. 현실적 삶이 위축되어 극한의 상황에 처했을 때, 비로소 새롭게 확대된 삶을 위한 전기가 마련된다는 내용을 담고 있는 작품이다. 수난의 현실을 극복하려는 의지와 일제에 대한 저항 의식을 담은 저항시의 백미라고 평가받고 있다. 민족의 수난을 노래한 시 중 가장 뛰어난 시라는 평가를 받는 이 시는 대륙적이고 남성적인 당당한 목소리로 육사 시의 진면목을 유감없이 보여 주는 작품이다.

이 시의 형식은 마치 한시의 절구처럼 기승전결의 완벽한 4단 구성으로 되어 있다. 더 자세하게 살펴보면, 앞의 두 연에서는 외적인 극한 상황을, 뒤의 두 연에서는 그러한 상황 속에서의 시인의 의식을 보여 주어, 이 시가 크게는 두 부분으로 나뉘는 것을 알 수 있다.

제1, 2연에서 외적 상황의 공간은 점층적으로 더 날카로운 것으로 압축시킴으로써 극한 상황을 구체화시킨다. 즉 '북방 → 고원 → 서릿발 칼날진 그 위'로 시상이 전개된다.

제3, 4연에 가면 외적 상황에서 내적 심리적 상황으로 전이된다. 이 극한적 상황은 너무도 날카로운 것이어서 비켜나거나 물러서는 일이 불가능하다. 그래서 그는 눈을 감고 생각해 본다. 확실한 것은 모든 고통과 어려움을 자신의 의지로 견뎌 낼 수밖에 없다는 사실이다. 긴장감 속에서 자기희생의 결단이 내려진다. 모든 가능성이 박탈된 극한적 상황 아래에서의 자기 초월 의지가 드러나 있다.

〈교목〉이란 시를 하나 더 보자.

푸른 하늘에 닿을 듯이
세월에 불타고 우뚝 남아서서
차라리 봄도 꽃 치진 말아라

낡은 거미집 휘두르고
끝없는 꿈길에 혼자 설레이는
마음은 아예 뉘우침 아니라

검은 그림자 쓸쓸하면

마침내 호수속 깊이 거꾸러져

차마 바람도 흔들지 못해라

'교목'은 '줄기가 곧고 굵으며 높이 자라는 나무'이다. 즉, 시인은 어떤 외부적 시련에도 굴복하지 않는 시인의 의지와 절개, 현실에 대처하는 사고의 의연한 자세를 나무, 그중에서도 교목으로 형상화한 것이다. 일제 강점기라는 부정적 시대 현실에 대한 저항 의지가 잘 나타나 있다. 절망적인 상황이지만 좌절하지 않고 강인한 모습으로 자신의 이기적인 욕망을 추구하지 않겠다는 강한 의지를 보이고 있는 것이다. 암담한 상황에서 마침내 죽는다 하더라도, 자신의 투쟁이 실패로 돌아간다 하더라도, 일제의 탄압이 시인의 굳건한 다짐과 의지를 흔들 수 없다는 것이다.

일제 강점기 때 일제에 아부하지 않고 최소한 붓을 꺾은 문인들은 훌륭한 분들이다. 붓을 꺾지 않고 저항시를 쓴 분들은 더욱 훌륭하다. 그러니 직접 독립 투쟁에 참가하고 목숨까지 바친 육사는 어떻게 평가되어야 할까? 일제 때 독립 투쟁에 직접 참가한 문인은 거의 육사가 유일하다. 육사로 인해 일제 강점기가 무조건 당하고만 살지 않았던 시기가 되는 것이다.

빼앗긴 들에도 봄은 오는가

시보다 노래가 더 유명한 시가 많은데, 이 시도 시보다 노래가 먼저 떠오르는 시다. 필자가 대학에 다니던 시절에 이 시로 만든 노래를 무척 많이 불렀다. 아마 일제 강점기와 대학 시절이 비슷해서 그랬을 것이다.

지금은 남의 땅 – 빼앗긴 들에도 봄은 오는가?

나는 온몸에 햇살을 받고
푸른 하늘 푸른 들이 맞붙은 곳으로
가르마 같은 논길을 따라 꿈속을 가듯 걸어만 간다.

입술을 다문 하늘아, 들아

내 맘에는 나 혼자 온 것 같지를 않구나!

네가 끌었느냐, 누가 부르더냐, 답답워라. 말을 해 다오.

바람은 내 귀에 속삭이며

한 자국도 섰지 마라 옷자락을 흔들고,

종다리는 울타리 너머 아씨같이 구름 뒤에서 반갑다 웃네.

고맙게 잘 자란 보리밭아,

간밤 자정이 넘어 내리던 고운 비로

너는 삼단 같은 머리를 감았구나, 내 머리조차 가뿐하다.

혼자라도 가쁘게나 가자.

마른 논을 안고 도는 착한 도랑이

젖먹이 달래는 노래를 하고, 제 혼자 어깨춤만 추고 가네.

나비 제비야 깝치지 마라.

맨드라미 들마꽃에도 인사를 해야지.

아주까리기름을 바른 이가 지심 매던 그 들이라 다 보고 싶다.

내 손에 호미를 쥐어 다오.
살진 젖가슴과 같은 부드러운 이 흙을
발목이 시도록 밟아도 보고, 좋은 땀조차 흘리고 싶다.

강가에 나온 아이와 같이
짬도 모르고 끝도 없이 닫는 내 혼아
무엇을 찾느냐 어디로 가느냐 웃어웁다 답을 하려무나.

나는 온몸에 풋내를 띠고,
푸른 웃음 푸른 설움이 어우러진 사이로
다리를 절며 하루를 걷는다. 아마도 봄 신령이 지폈나 보다.

그러나 지금은 들을 빼앗겨 봄조차 빼앗기겠네.

　이 시는 의미상 대략 네 부분으로 나누어 볼 수 있다. 첫째는 1연
에서 3연까지, 둘째는 4연에서 6연까지, 셋째는 7연에서 9연까지,
넷째는 10연까지로 나누어진다. 첫째 단락은 주권 상실의 땅, 동토
의 조선에 찾아오는 봄의 정경이 몽상적인 분위기로 묘사되어 있고,
둘째 단락에서는 봄을 찾아 앞으로 나아가는 모습이 제시된다. 현실

은 어둡고 막혀 있지만, 희망을
갖고 앞날을 향해 혼자서라도
나아갈 수밖에 없기 때문이다.
셋째 단락에서는 둘째 단락에
서 보인 부활 의지 또는 선구자
의식이 보다 큰 의미에서의 대
지 사상, 또는 노동 의지로 가
시화되어 나타난다. 마지막 단
락에는 다시 빼앗긴 들을 위태
롭게 살아가는 위기의식과 함
께 민족혼이 쉽게 멸하지 않으

이상화 시비 우리나라 최초의 시비로 대구
달성 공원에 있다.

리라는 것에 대한 확신이 드러난다.

이상화는 1901년 대구에서 태어났다. 4형제 중 둘째 아들로 태어
났는데 큰형 상정은 독립운동가이다. 다섯 살에 아버지를 여의고,
1918년에 서울 중앙학교(지금의 중앙고등학교)를 수료했고, 열아홉
되던 1919년 대구에서 3 · 1 운동 거사를 모의하다 주요 인물이 잡혀
가자 서울 박태원의 하숙으로 피신했다. 1921년에 현진건의 소개로
박종화와 만나 〈백조〉 동인에 참여했고, 1922년 〈백조〉 1~2호에 시
를 발표하면서 문단에 나왔다. 그해 프랑스에 유학할 기회를 얻으려

고 일본으로 갔다가 1923년 관동 대지진이 나자 수난을 피해 귀국했다. 1925년에 활발한 작품 활동을 했는데 시뿐만 아니라 평론, 소설 번역에도 힘썼다. 8월에 카프 발기인으로 참여했고. 1927년 대구로 돌아와, 1933년 교남학교(지금의 대륜고등학교) 교사로 근무했다. 담당 과목은 조선어와 영어, 작문이었다. 1943년 3월에 위암 진단을 받고 투병하다가 4월 25일 대구 자택에서 숨졌다. 1948년 3월 14일에 시인을 기리는 시비를 대구의 공원에 세웠는데, 우리나라 최초의 시비라고 한다.

윤동주

투르게네프의 언덕

나는 고갯길을 넘고 있었다.

그때 세 명의 거지가 나를 지나쳤다.

첫째 아이는 잔등에 바구니를 둘러메고, 바구니 속에는 사이다 병, 간즈메통*, 쇳조각, 헌 양말 짝 등 폐물이 가득하였다.

둘째 아이도 그러하였다.

셋째 아이도 그러하였다.

텁수룩한 머리털, 시커먼 얼굴에 눈물 고인 충혈된 눈, 색 잃어 푸르스름한 입술, 너덜너덜한 남루, 찢겨진 맨발.

---

* 간즈메통 '통조림'을 뜻하는 일본어.

아— 얼마나 무서운 가난이 이 어린 소년들을 삼키었느냐!

나는 측은한 마음이 움직이었다.

나는 호주머니를 뒤지었다. 두툼한 지갑, 시계, 손수건……
있을 건 죄다 있었다.

그러나 무턱대고 이것들을 내줄 용기는 없었다. 손으로 만지
작 만지작거릴 뿐이었다

다정스레 이야기나 하리라 하고 "애들아." 불러보았다.

첫째 아이가 충혈된 눈으로 흘끔 돌아다볼 뿐이었다.

둘째 아이도 그러할 뿐이었다.

셋째 아이도 그러할 뿐이었다.

그리고는 너는 상관없다는 듯이 자기네끼리 소곤소곤 이야
기하면서 고개로 넘어갔다.

언덕 위에는 아무도 없었다.

짙어가는 황혼이 밀려들 뿐.

고갯길을 넘는 세 거지가 있고, 측은한 마음을 가진 자신이 있고,
자신에게는 '지갑', '시계' 등등 있을 것은 죄 있고, 내줄 용기는 없
고. 기껏 '애들아' 하고 불러 보지만 현실 속에 뿌리박고 있는 그네들
은 '흘끔 돌아다볼 뿐'이다. 시인은 여전히 현실 인식과 실천의 틈바

구니에서 괴로워하고 있다.

투르게네프도 농노를 1,000명이나 거느린 부유한 집안에 태어났지만, 자신은 항상 농노에 대한 연민과 출신 성분이라는 현실의 괴리 속에서 고뇌하던 '양심적 지식인'이었다. 일제하 지식인들은 이념적으로 러시아의 '민중 혁명'을 '동경'한 측면이 있고, 이 과정에서 시인 윤동주도 러시아의 투르게네프와 상당한 동질감을 느꼈던 것으로 생각된다.

윤동주의 생가와 무덤은 모두 용정에 있다. 용정은 박경리가 쓴 소설 《토지》의 배경이 된 도시이기도 하다. 실제 만주니, 간도니 하는 것은 대개 이 용정을 가리키는 말이다. 연길과는 분위기가 전혀 다르다. 북한의 회령과 두만강을 사이로 마주하고 있는 용정시의 인구는 30만 명이 조금 못 되는데, 조선족이 약 70%를 차지하고 있어 연변에서는 조선족 비율이 가장 높은 도시라고 한다. 중앙에 해란강과 부르하통 강이 흘러 농업이 발달했고, 중국에서 제일 큰 과수농장이 있다. 용정은 한국의 작은 읍 같은 인상을 준다.

그의 사촌 송몽규의 묘와 나란히 있는 윤동주의 묘가 있는 곳은 원래 교회 공동묘지였다. 그래서인지 동주의 묘가 어디인지 몰랐었는데 일본인 교수가 찾아냈다고 한다. 동주의 묘를 일본인이 찾아냈다니 아이러니한 일이다.

윤동주 생가 중국 용정에 있다.

　윤동주의 묘를 찾아낸 일본인은 오무라 마쓰오이다. 지난 1986년 용정에서 권철, 리해산 씨와 함께 처음으로 시인 윤동주의 묘와 비석을 찾아내 세상에 알렸던 그는 제주 소설을 모은《제주도 문학선 – 탐라이야기》를 일본에서 펴냈으며 최근 제주 시인 19명의 시를 추려 모아 일본어로 번역한《바람과 돌과 유채꽃과…》를 펴내기도 했다.

　필자가 윤동주의 생가와 무덤을 방문했을 때, 동주의 무덤에 잔을 따르고 절을 했다. 동주가 술안주로 살구를 내놓았다. 동주의 묘 바로 왼쪽에 살구나무가 있었던 것이 왼쪽으로 약간 올라가니 동주의 사촌 송몽규의 묘도 있었다.

명동촌으로 가 윤동주 생가와 명동교회를 보았다. 명동촌과 명동학교가 세워진 것은 각각 1899년 2월과 1908년 4월이다. 북간도 지역 민족 운동의 근거지이자 시인 윤동주와 영화감독 나운규, 고 문익환 목사가 동문수학했던 명동학교는 김약연 등이 민족학교인 서전서숙의 정신 계승을 표방하며 명동촌 한인 자녀 교육을 위해 설립했다.

윤동주는 북간도에서 출생해서 용정에서 중학교를 졸업하고 연희전문을 거쳐 일본으로 건너갔다. 일본 도시샤 대학 영문과 재학 중 1943년 여름방학을 맞아 귀국하다 사상범으로 일경에게 붙잡혔는데, 1944년 6월 2년형을 선고받고 이듬해 규슈 후쿠오카 형무소에서 옥사했다. 1941년 연희전문을 졸업하고 도일하기에 앞서 19편의 시를 묶은 자선시집을 발간하려 했으나 뜻을 이루지 못했다가 자필로 3부를 남긴 것이 그의 사후에 햇빛을 보게 되어 1948년에 유고 30편을 모아《하늘과 바람과 별과 시》로 간행되었다.

심훈

통곡 속에서

큰길에 넘치는 백의의 물결 속에서 울음소리 일어난다.

총검이 번득이고 군병의 말굽소리 소란한 곳에

분격한 무리는 몰리며 짓밟히며

땅에 엎디어 마지막 비명을 지른다.

땅에 뚜드리며 또 하늘을 우러러

외오치는 소리 느껴 우는 소리 구소九霄* 에 사모친다.

검은 '댕기' 드린 소녀여

| * 구소九霄 높은 하늘. 충소層霄.

눈송이같이 소복 입은 소년이여

그 무엇이 너희의 작은 가슴을

안타깝게도 설움에 떨게 하더냐

그 뉘라서 저다지도 뜨거운 눈물을

어여쁜 너희의 두 눈으로 짜내라 하더냐?

가지마다 신록의 아지랑이가 되어 오르고

종달새 시내를 따르는 즐거운 봄날에

어찌하여 너희는 벌써 기쁨의 노래를 잊어버렸는가?

천진한 너희의 행복마저 차마 어떤 사람이 빼앗아 가던가?

할아버지여! 할머니여!

오직 무덤 속에 안식밖에 희망이 끊진 노인네여!

조팝*에 주름 잡힌 얼굴은 누르렀고 세고世苦에 등은 굽었거늘

창자를 쥐어짜며 애통하시는 양은 차마 뵙기 어렵소이다.

그치시지요 그만 눈물을 거두시지요

* 조팝 맨 좁쌀로 짓거나 입쌀에 좁쌀을 많이 두어서 지은 밥. 조밥.

당신네의 쇠잔한 자골이나마 편안히 묻히고저 하던 이 땅은
남의 '호미'가 샅샅이 파헤친 지 이미 오래어늘
지금에 피나게 우신들 한번 간 옛날이
다시 돌아올 줄 아십니까?

해마다 봄마다 새 주인은
인정전 '벚꽃' 그늘에 잔치를 베풀고
이화梨花의 휘장은 낡은 수레에 붙어
티끌만 날리는 폐허를 굴러다녀도
일후日後＊란 뒤 있어 길이 설워나 하랴마는…

오오 쫓겨 가는 무리여
쓰러져버린 한낱 우상 앞에 무릎을 꿇치 말라!
덧없는 인생 죽고야 마는 것이 우리의 숙명이어니
한 사람의 돌아오지 못함을 굳이 설워하지 말라.

그러나 오오 그러나

| ＊일후日後 뒷날.

철천의 한을 품은 청상靑孀*의 설움이로되

이웃집 제단조차 무너져 하소연할 곳 없으니

목매쳐 울고저 하나 눈물마저 말라붙은

억색抑塞*한 가슴을 이 한날에 뚜드리며 울자!

이마로 흙을 비비며 눈으로 피를 뿜으며—

　유명한 〈그날이 오면〉이란 시와 《상록수》라는 소설을 쓴 심훈의 시다. 나라를 빼앗긴 설움에 목메어 울고 싶지만 눈물마저 말라붙어 버렸으니, 가슴을 두드리며 이마로 흙을 비비며 눈으로 피를 뿜으며 통곡하겠다는 심훈의 비통한 심정이 너무 잘 느껴진다. 그는 "시를 쓰기 위하여 시를 써본 적이 없으며 시인이 되려는 생각도 해본 적이 없다"고 하였지만 일제치하를 저항으로 살아간 훌륭한 민족 시인이 되었다.

　다 알고 있는 시지만 〈그날이 오면〉이라는 그의 시를 다시 한 번 읽어 보자.

* 청상靑孀 젊어서 남편을 잃고 홀로 된 여자. 청상과부靑孀寡婦.
* 억색抑塞 억눌러 막음.

그날이 오면, 그 날이 오며는

삼각산이 일어나 더덩실 춤이라도 추고

한강물이 뒤집혀 용솟음 칠 그 날이

이 목숨이 끊기기 전에 와주기만 할양이면

나는 밤하늘에 나는 까마귀와 같이

종로의 인경을 머리로 들이받아 울리오리다

두개골은 깨어져 산산조각이 나도

기뻐서 죽사오매 오히려 무슨 한이 남으오리까

그날이 와서 오오 그날이 와서

육조 앞 넓은 길을 울며 뛰며 뒹굴어도

그래도 넘치는 기쁨에 가슴이 이어질 듯하거든

드는 칼로 이 몸의 가죽이라도 벗겨서

커다란 북을 만들어 들쳐 메고는

여러분의 행렬에 앞장을 서오리다.

우렁찬 그 소리를 한번이라도 듣기만 하면

그 자리에 거꾸러져도 눈을 감겠소이다.

김영랑

독毒을 차고

내 가슴에 독毒을 찬 지 오래로다.

아직 아무도 해害한 일 없는 새로 뽑은 독

벗은 그 무서운 독 그만 흩어버리라 한다.

나는 그 독이 선뜻 벗도 해할지 모른다 위협하고,

독 안 차고 살아도 머지않아 너 나 마주 가버리면

억만 세대가 그 뒤로 잠자코 흘러가고

나중에 땅덩이 모지라져 모래알이 될 것임을

'허무한듸!' 독은 차서 무엇하느냐고?

아! 내 세상에 태어났음을 원망 않고 보낸

어느 하루가 있었던가, '허무한듸!' 허나

앞뒤로 덤비는 이리 승냥이 바야흐로 내 마음을 노리매

내 산 채 짐승의 밥이 되어 찢기우고 할퀴우라 내맡긴 신세

임을

나는 독을 차고 선선히 가리라

막음 날 내 외로운 혼魂 건지기 위하여.

〈돌담에 속삭이는 햇발〉, 〈모란이 피기까지는〉 등 주로 감각적 이미지와 언어로 사물을 노래한 시문학파였던 김영랑은 소위 순수시를 주로 썼다. 그의 시는 인생과 사회에 대한 작품이 매우 적은데, 이 시는 매우 드물게 현실을 그리고 있는 시이다.

1930년대 말 일제가 단말마의 발악을 하던 때 김영랑도 아름다움만을 노래 부를 수가 없었을까? "앞뒤로 덤비는 이리 승냥이 바야흐로 내 마음을 노리매 / 내 산 채 짐승의 밥이 되어 찢기우고 할퀴우라 내맡긴 신세임을" 비로소 깨달았을까? 이 시에서 '독毒'은 물론 험난하고 궁핍한 현실 속에서 치열하게 살아가려는 대항 의식과 순결의 의지를 나타내고 있다. 이 시는 벗과 나와의 대화 형식을 취하고 있

는데, 나는 이 '독'을 삶의 목표로 삼아 현실과 타협하지 않고 순수를 지향하는 결연한 의지를 보인 반면, '벗'은 허무주의에 빠져 현실에 적당히 적응하려는 삶의 태도를 보이고 있다.

김소월

바라건대는 우리에게
우리의 보습 대일 땅이 있었더면

나는 꿈꾸었노라, 동무들과 내가 가지런히

벌 가의 하루 일을 다 마치고

석양에 마을로 돌아오는 꿈을,

즐거이, 꿈 가운데.

그러나 집 잃은 내 몸이여,

바라건대는 우리에게 우리의 보습˚ 대일 땅이 있었더면!

이처럼 떠돌으랴, 아침에 저물손에

새라 새로운 탄식을 얻으면서.

동이랴, 남북이랴,

내 몸은 떠가나니, 볼지어다.

희망의 반짝임은, 별빛의 아득함은,

물결뿐 떠올라라, 가슴에 팔다리에.

그러나 어쩌면 황송한 이 심정을! 날로 나날이 내 앞에는 자

칫 가느란 길이 이어가라, 나는 나아가리라.

한 걸음, 또 한 걸음. 보이는 산비탈엔

온 새벽 동무들, 저 저 혼자…… 산경을 김매이는.

　김소월 시 중에서 현실을 노래한 시가 매우 드문데, 이 시는 앞에

서 본 〈서도여운〉이란 시와 더불어 드물게 현실을 노래한 시에 속한

다. 꿈과 현실의 대립 구조를 통해 현실의 암담함과 어둠을 드러내

고 그 극복의 의지를 제시하고 있다. 전반부에는 자아가 처한 열악

한 현실에 대한 냉철한 인식이 있고, 후반부에는 열악한 현실을 초

월하고자 하는 서정적 자아의 현실 대응 의지와 이상이 표출되어 있

　• 보습　땅을 갈아 흙덩이를 일으키는 데 쓰는 농기구. 삽 모양의 쇳조각으로 쟁기나
　극젱이 •의 술바닥 •에 맞추어 끼운다.
　• 극젱이　땅을 가는 데 쓰는 농기구. 쟁기와 비슷하나 쟁깃술이 곧게 내려가고 보습
　끝이 무디다. 소 한 마리로 끌어 쟁기로 갈아 놓은 논밭에 골을 타거나, 흙이 얕은
　논밭을 가는 데 쓴다.
　• 술바닥　쟁기 끝에 보습을 대는 넓적하고 삐죽한 부분.

다. 이웃과 함께 들판의 일을 마치고 저녁노을을 받으면서 돌아오고 싶지만 그건 단지 꿈일 뿐 현실은 집 잃고 땅 잃어, 단지 고통과 절망 뿐이다. 그러나 포기하지 않고 희망의 길로 꾸준히 나아가겠다는 미래 지향적인 의지가 잘 나타나 있다.

김광섭

벌罰

나는 2223번
죄인의 옷을 걸치고
가슴에 패를 차고
이름 높은 서대문형무소
제3동 62호실
북편 독방에 홀로 앉아
「네가 광섭이냐」고
혼잣말로 물어보았다

3년하고도 8개월

일천삼백여일

그 어느 하루도 빠짐없이

나는 시간을 헤이고 손꼽으면서

뚱통과 세수대야와 걸레

젓가락과 양재기로 더불어

추기 나는 어두운 방

널판 위에서 살아왔다

여름이 길고 날이 무더우면

나는 바다를 부르고 산을 그리며

파김치같이 추근한* 마음

지치고 울분한 한숨에

불을 지르고 나도 타고 싶었다

겨울 긴 긴 밤 추위에 몰려

등이 시리고 허리가 꼬부라지면

나는 슬픔보다도 주림보다도

| * 추근한 물기가 조금 있어 축축한.

뒷머리칼이 하나씩 하나씩
서리같이 세어짐을 느꼈다

나는 지금 광섭이로 살고 있으나
나는 지금 잃은 것도 모르고
나는 지금 얻은 것도 모르고 살 뿐이다.

그러나 푸른 하늘 아래로 거닐다가도
아지 못할 어둠이 문득 달려들어
내게는 이보다도 더 암담한 일은 없다

그래서 어느덧 눈시울이 추근해지면
어데서 오는 눈물인지는 몰라도
나의 눈물은 이제 드디어
사랑보다도 운명에 속하게 되었다

인권이 유린되고 자유가 처벌된
이 어둠의 보상으로
일본아 너는 물러갔느냐

나는 너의 나라를 주어도 싫다.

김광섭 시인은, 교과서에 단골로 실려 너무나 유명한 〈성북동 비둘기〉라는 시로 많이 알려져 있는 시인이다. 그러나 이 시는 〈성북동 비둘기〉와는 전혀 다른 경향의 시다. 김광섭 시인이 일제 강점기 때 중동학교 교사로 재직했는데, 학생들에게 아일랜드 시를 강의하면서 반일 민족 사상을 고취했다 하여 일경에 체포된 일이 있었다. 그래서 3년 8개월의 옥고를 치렀다. 그때 감옥에서 고생을 하면서 쓴 시가 바로 이 〈벌〉이란 시다. 그래서인지 이 시에는 지성인이 겪는 고뇌와 민족의식이 강하게 나타나 있다. 영국 식민지였던 아일랜드는 우리나라와 처지가 비슷했다. 〈보리밭을 흔드는 바람〉이라는 영화를 보면 아일랜드의 현실을 잘 알 수 있다.

김광섭의 〈저녁에〉란 시도 많이 알려져 있다. 유심초라는 가수가 노래로 만들어 불러 더 유명해진 〈저녁에〉란 시를 한번 보자.

저렇게 많은 중에서 / 별 하나가 나를 내려다본다 / 이렇게 많은 사람 중에서 / 그 별 하나를 쳐다본다 / 밤이 깊을수록 / 별은 밝음 속에 사라지고 / 나는 어둠 속에 사라진다 / 이렇게 정다운 / 너하나 나하나는 / 어디서 무엇이 되어 / 다시 만나리

어두운 시대의 한 줄기 빛, 저항시

1930년대 말부터 1940년대 초까지의 시기는 우리 문학사에서 암흑기에 해당한다고 할 수 있다. 이 시기는 만주사변(1931년), 중일 전쟁(1937년) 등으로 일제가 전시 체제를 구축하면서 민족 문화를 탄압, 말살하기 위한 억압 정책을 가속화해 가던 때다. 또한 일제의 사상 탄압으로 말미암아 카프의 활동이 불가능해진 시기이기도 하다.

일제는 중국 대륙을 침략하는 등 새로운 전쟁을 해 나가기 위해 한반도 안

중일 전쟁

이육사

윤동주

이상화

홍사용

의 위험 요소를 미리 없애려 하였고, 이에 따라 일체의 이념적 경향을 띤 움직임이 제약을 받게 되었다. 인력과 자원 수탈, 징용, 군 위안부 등 일제 식민 정책은 후반으로 갈수록 잔인하고 점점 더 가혹해졌으며, 그 결과 우리나라 백성들은 많은 상처와 고통을 당해야만 했다. 신문은 모두 폐간되었고, 문예지들도 역시 폐간당하였다. 시인들은 시를 발표할 지면을 잃었으며 우리 말조차 빼앗겼다.

　이러한 상황에서 대부분의 시인은 친일을 하거나, 붓을 꺾거나 할 수밖에 없었는데, 일제에 항거하는 시를 쓰며 암흑기를 빛낸 시인들이 있었다. 앞에서 본 이육사, 윤동주, 이상화, 홍사용 등의 시인이 그들이다. 만일 이육사, 윤동주와 같은 시인들이 없었다면 일제 강점기 우리 문학사는 무척 쓸쓸했을 것이다.

4장

일제 강점기 풍경

국어 선생님의 한국 근대사 강의 일제 강점기 개관

유건영

창씨개명에 반대하여

슬프다.

유건영은 천 년의 고족古族이다.

일찍 나라가 망할 때 죽지 못하고

30년간의 욕을 당하여 올 때에,

그들의 패륜과 난륜亂倫,

귀로써 듣지 못하고 눈으로써 보지 못하겠더니,

이제 혈족의 성까지 빼앗으려 한다.

동성동본이 서로 통혼하고,

이성을 양자로 삼고,

서양자가 제 성을 버리고 계집의 성을 따르게 되니,

이는 금수의 도를 5천 년의 문화 민족에게 강요하는 것이다.
나 유건영은 짐승이 되어 살기보다는
차라리 깨끗한 죽음을 택하노라.

전라남도 곡성군에 살았던 유건영이란 분이 쓴 항의서다. 그는 '창씨개명에 반대하여'라는 이 항의서를 총독부와 중추원에 제출했다. 그리고 결연히 자결했다. 전라북도 고창읍의 설진영이라는 분은 창씨하지 않으면 자녀를 퇴학시키겠다는 위협을 받자, 창씨개명을 하겠다는 신고서를 제출하여 아이들을 학교에 다니게 한 다음 투신자살하기도 했다. 우리 이름과 성을 지키기 위해 목숨까지 바친 분들이다.

그럼 창씨개명에 대해 한번 알아보자. 일제는 소위 한국인의 '황민화'를 촉진하기 위해 한민족 고유의 성명제를 폐지하고 일본식 씨명제氏名制를 설정하여 1940년 2월부터 동년 8월 10일까지 '씨氏'를 결정해서 제출할 것을 명령했다. 일본에서는 결혼을 하면 여자의 성씨가 바뀌기 때문에 한 집안에는 성씨가 하나밖에 없다. 이게 우리의 성명제와 다른 일본의 씨명제다. 조선 총독부는 관헌을 동원해서 협박과 강요로 강행, 창씨를 하지 않는 자의 자제에게는 각급 학교의 입학을 거부하고 창씨하지 않는 호주는 '비국민', '후테이센징不逞鮮

人'의 낙인을 찍어 사찰 미행하고 노무 징용의 우선 대상으로 삼거나 식량 등의 배급 대상에서 제외하는 등 갖은 사회적 제재를 가했다.

창씨개명創氏改名은 글자 그대로 성씨를 새로 만들고 이름을 바꾼다는 뜻이다. 일정한 원칙은 없었고, 일본식 성이 대부분 두 글자라 한 글자 성을 두 글자 성으로 바꾸었다. 그런데 이씨, 박씨, 최씨, 정씨 등은 일본에서는 거의 사용하지 않는 성이라 아무리 바꿔도 한국식이라는 티가 너무 나니까 아예 엉뚱한 것으로 바꾸었다. 김씨 같은 경우는 일본 성에도 있으니까 그냥 金本, 金田, 金山 등으로 바꾸었다. 그런데 남씨, 임씨 같은 경우는 바꾸지 않아도 되는 행운(?)도 얻었다. 일본에도 미나미南, 하야시林라는 성이 있었으니까. 그러나 한국인들의 창씨 경향은 일본식으로 하는 사람은 극소수였고, 대개 자기의 관향을 따거나, '山川草木' '靑山白水' '에하라 노하라江原·野原' 등으로 장난삼아 짓거나, 성을 가는 놈은 개자식이라 해서 '犬子'라고 창씨하는 사람도 있었다.

창씨개명은 조선인의 혈통에 대한 관념을 흐려 놓음으로써 민족적 전통의 뿌리를 흔들기 위해 우리 고유의 성姓까지 파괴하려고 벌인 짓이다. 그러나 시행한 지 4개월이 되는 1940년 5월 중순까지도 창씨개명을 신고한 사람은 불과 7.6%에 지나지 않았다. 이렇게 결과가 저조하자, 당황한 총독부는 지금까지의 권장 형식을 바꾸어

창씨개명을 위해 경성부청 호적과에 줄을 선 사람들 일제는 1939년 11월 10일, '조선인 씨명에 관한 건'을 공포하고 창씨개명을 전국적으로 강요했다.

직·간접의 강제성을 띠기 시작했다. 창씨개명을 하지 않은 사람의 자녀에 대한 각급 학교의 입학·진급 및 진학에 대한 차별은 기본이었고, 창씨개명을 하지 않은 학생에 대한 교원들의 질책, 구타, 조롱이 공공연히 자행되었다. '비국민'이라는 낙인을 찍어 경찰이 요시찰인으로 간주했고, 창씨개명의 부당성을 비방한 것만으로도 감옥에 가두었다.

더욱 가증스러운 것은 전국에서 성씨를 말소하는 창씨 강요가 기승을 떨치는 가운데서도 이름난 친일파들은 창씨개명을 하지 않았다. 중추원 고문인 한상룡, 조선비행기회사 사장 박흥식, 일본국회 대의사 박춘금, 귀족이며 자작인 윤덕영 등 유명한 친일파와 김석원 등 고급 군인, 모윤숙 등 일부 문인들은 창씨개명을 하지 않았다. 이들에게 창씨를 강요하지 않은 것은, 이들에게까지 굳이 강요할 필요가 없을 뿐만 아니라, 창씨를 강제하는 것이 아니라는 명분을 보이기 위한 것이었다. 창씨개명은 조선어를 없애 버리려고 했던 것과 아울러 우리 민족을 말살하려고 한 대표적인 정책이었다.

다만 안타까운 것은 태평양 전쟁 때 일제의 군인·군속·징용·정신대 등으로 끌려가 죽은 사람들의 명단이 최근까지도 계속 밝혀지고 있는데, 그 이름이 모두 창씨개명한 것으로 되어 있어 신원을 파악하는 데 어려움을 겪고 있다는 것이다.

윤동주의 유명한 〈참회록〉이란 시도 사실은 일본 유학 때문에 어쩔 수 없이 창씨개명을 한 것에 대한 처절한 '참회'라는 얘기도 있다. 윤동주의 시 중 가장 구체적인 현실에 의거하고 있는 저항시가 바로 이 시인데, 일제가 강요하는 일본식 창씨개명이란 절차에 굴복한 것에 대해 일제에 의해 망한 '대한 제국'이란 왕조의 후예로서, 바로 자신의 '얼굴'이 그 '왕조의 유물'임을 절감하면서, '이다지도 욕됨'을 참회한 것이라고 한다.

네거리의 순이

네가 지금 간다면, 어디를 간단 말이냐?

그러면 내 사랑하는 젊은 동무,

너, 내 사랑하는 오직 하나뿐인 누이동생 순이,

너의 사랑하는 그 귀중한 사내,

근로하는 모든 여자의 연인……

그 청년인 용감한 사내가 어디서 온단 말이냐?

눈바람 찬 불쌍한 도시 종로 복판에 순이야!

너와 나는 지나간 꽃피는 봄에 사랑하는 한 어머니를

눈물 나는 가난 속에서 여의었지!

그리하여 너는 이 믿지 못할 얼굴 하얀 오빠를 염려하고,

오빠는 가냘픈 너를 근심하는,

서글프고 가난한 그 날 속에서도,

순이야, 너는 마음을 맡길 믿음성 있는 이곳 청년을 가졌었고,

내 사랑하는 동무는……

청년의 연인 근로하는 여자 너를 가졌었다.

겨울날 찬 눈보라가 유리창에 우는 아픈 그 시절,

기계 소리에 말려 흩어지는 우리들의 참새 너희들의 콧노래와

언 눈길을 걷는 발자국 소리와 더불어 가슴 속으로 스며드는

청년과 너의 따뜻한 귓속 다정한 웃음으로

우리들의 청춘은 참말로 꽃다웠다고,

언 밤이 주림보다도 쓰리게

가난한 청춘을 울리는 날,

어머니가 되어 우리를 따뜻한 품속에서 안아주던 것은

오직 하나 거리에서 만나 거리에서 헤어지며,

골목 뒤에서 중얼대고 일터에서 충성되던

꺼질 줄 모르는 청춘의 정열 그것이었다.

비할 데 없는 괴로운 가운데서도

얼마나 큰 즐거움이 우리의 머리 위에 빛났더냐?

그러나 이 가장 귀중한 너 나의 사이에서

한 청년은 대체 어디로 갔느냐?

어찌 된 일이냐?

순이야, 이것은······

너도 잘 알고 나도 잘 아는 멀쩡한 사실이 아니냐?

보아라! 어느 누가 참말로 도적놈이냐?

이 눈물 나는 가난한 젊은 날이 가진

불쌍한 즐거움을 노리는 마음하고,

그 조그만, 참말로 풍선보다 엷은 숨을 안 깨치려는 간지런

마음하고,

말하여 보아라, 이곳에 가득 찬 고마운 젊은이들아!

순이야, 누이야!

근로하는 청년, 용감한 사내의 연인아!

생각해 보아라, 오늘은 네 귀중한 청년인 용감한 사내가

젊은 날을 부지런한 일에 보내던 그 여윈 손가락으로

지금은 굳은 벽돌담에다 달력을 그리겠구나!

또 이거 봐라, 어서.

이 사내도 네 커다란 오빠를……

남은 것이라고는 때 묻은 넥타이 하나뿐이 아니냐!

오오, 눈보라는 "트럭"처럼 길거리를 휘몰아간다.

자 좋다, 바로 종로 네거리가 예 아니냐!

어서 너와 나는 번개처럼 두 손을 잡고,

내일을 위하여 저 골목으로 들어가자,

네 사내를 위하여,

또 근로하는 모든 여자의 연인을 위하여……

이것이 너와 나의 행복된 청춘이 아니냐?

　이 시는 소위 프로 문학 또는 경향시로 분류되는 작품이다. 시적 화자인 오빠가 종로 네거리에서 방황하고 있는 누이동생 순이에게 하소연하는 독백체 형식으로, 선동적이며 격정적인 호흡과 고백적이면서도 호소력 있는 목소리로 계급 투쟁 의식을 강하게 드러내고 있다. 누이동생 순이는 어머니를 대신해 집에서 살림을 하면서 공장에 나가는 노동자, 오빠는 '남은 것이라고는 때 묻은 넥타이 하나뿐'

인 지식인 계급, 청년은 순이와 같은 공장에서 일하는 노동자로 '언 눈길을 걷는 발자국 소리와 더불어', '따뜻한 귓속 다정한 웃음으로' 꽃다운 청춘을 보내던 연인 관계이지만, 그가 공장에서 노동 운동을 한 죄목으로 경찰에 체포됨으로써 두 사람은 고통과 수난을 겪게 된다. 그러나 어떠한 행동도 표출하지 못하는 무기력한 오빠는, '눈바람 찬 불쌍한 도시 종로 복판에'서 방황하는 누이동생과, '젊은 날을 부지런한 일에 보내던 그 여윈 손가락으로 / 지금은 굳은 벽돌담에다 달력을 그리'며 감옥 생활을 하는 청년을 안타깝게 바라만 볼 뿐이다. 그러나 시인이 의도하고 있는 계급 의식은 다만 추상적 관념으로만 나타나 있을 뿐 구체적 현장성이나 실천적 운동성을 갖추지 못하였다는 한계를 드러내고 있다.

우리 오빠와 화로

이 시는 노동자들이 낭독하기에 편한 리듬을 씀으로써 카프 문학을 대표하는 전형적인 '단편 서사시'라는 평가를 받은 작품이다. '단편 서사시'란 짧은 서사시로서, 종래의 서사시가 영웅들의 세계를 노래한 반면 '단편 서사시'는 서사적인 화자를 시 속에 끌어들여 표현하는 형식이다. 이 시는 시적 화자인 누이동생이 감옥에 갇혀 있는 오빠에게 편지를 보내는 형식으로 되어 있다. 남동생 영남이와 오빠와 함께 살고 있던 화자는, 오빠가 정치적인 이유로 구속되자, 동생과 함께 근무하던 공장에서 쫓겨나서 봉투에 풀 붙이는 일로 연명해 나가고 있다. 그러던 중에 영남이가 사온, 오빠가 매우 아끼던 질화로가 깨지고 말았다. 누이동생은 이 화로가 깨진 것을 알려 주는 것으

로부터 편지를 시작하고 있는데, 이 화로는 바로 오빠 또는 혁명가
를 상징하는 것으로 볼 수 있다.

　사랑하는 우리 오빠 어저께 그만 그렇게 위하시던 오빠의 거
북 무늬 질화로가 깨어졌어요
　언제나 오빠가 우리들의 '피오닐' 조그만 기수라 부르는 영남
이가
　지구에 해가 비친 하루의 모─든 시간을 담배의 독기 속에다
　어린 몸을 잠그고 사온 그 거북 무늬 화로가 깨어졌어요

　그리하여 지금은 화젓가락만이 불쌍한 영남이하구 저하구
처럼
　똑 우리 사랑하는 오빠를 잃은 남매와 같이 외롭게 벽에 가
나란히 걸렸어요

　오빠……

　저는요 저는요 잘 알았어요
　왜─그날 오빠가 우리 두 동생을 떠나 그리로 들어가신 그날

밤에

　연거푸 말은 궐련을 세 개씩이나 피우시고 계셨는지

　저는요 잘 알았어요 오빠

　언제나 철없는 제가 오빠가 공장에서 돌아와서 고단한 저녁
을 잡수실 때 오빠 몸에서 신문지 냄새가 난다고 하면

　오빠는 파란 얼굴에 피곤한 웃음을 웃으시며

　…… 네 몸에선 누에 똥내가 나지 않니- 하시던 세상에 위
대하고 용감한 우리 오빠가 왜 그날만

　말 한 마디 없이 담배 연기로 방 속을 메워 버리시는 우리
우리 용감한 오빠의 마음을 저는 잘 알았어요

　천정을 향하여 기어 올라가던 외줄기 담배 연기 속에서- 오
빠의 강철 가슴 속에 박힌 위대한 결정과 성스러운 각오를 저
는 분명히 보았어요

　그리하여 제가 영남이의 버선 하나도 채 못 기웠을 동안에

　문지방을 때리는 쇳소리 마루를 밟는 거칠은 구둣소리와 함
께- 가 버리지 않으셨어요

　그러면서도 사랑하는 우리 위대한 오빠는 불쌍한 저의 남매
의 근심을 담배 연기에 싸 두고 가지 않으셨어요

　오빠- 그래서 저도 영남이도

오빠와 또 가장 위대한 용감한 오빠 친구들의 이야기가 세상을 뒤집을 때

저는 제사기製絲機를 떠나서 백 장에 일 전짜리 봉통封筒에 손톱을 부러뜨리고

영남이도 담배 냄새 구렁을 내쫓겨 봉통封筒 꽁무니를 뭅니다

지금 — 만국지도 같은 누더기 밑에서 코를 고을고 있습니다

오빠 — 그러나 염려는 마세요

저는 용감한 이 나라 청년인 우리 오빠와 핏줄을 같이 한 계집애이고

영남이도 오빠도 늘 칭찬하던 쇠같은 거북무늬 화로를 사온 오빠의 동생이 아니예요

그리고 참 오빠 아까 그 젊은 나머지 오빠의 친구들이 왔다 갔습니다

눈물 나는 우리 오빠 동무의 소식을 전해 주고 갔어요

사랑스런 용감한 청년들이었습니다

세상에 가장 위대한 청년들이었습니다

화로는 깨어져도 화젓가락갈은 깃대처럼 남지 않았어요

우리 오빠는 가셨어도 귀여운 '피오닐' 영남이가 있고

그리고 모든 어린 '피오닐'의 따뜻한 누이 품 제 가슴이 아직
도 더웁습니다

그리고 오빠……

저뿐이 사랑하는 오빠를 잃고 영남이뿐이 굳세인 형님을 보
낸 것이겠습니까
섧지도 외롭지도 않습니다
세상에 고마운 청년 오빠의 무수한 위대한 친구가 있고 오빠
와 형님을 잃은 수없는 계집아이와 동생
저희들의 귀한 동무가 있습니다
그리하여 이 다음 일은 지금 섭섭한 분한 사건을 안고 있는
우리 동무 손에서 싸워질 것입니다
오빠 오늘 밤을 새워 이만 장을 붙이면 사흘 뒤엔 새 솜옷이
오빠의 떨리는 몸에 입혀질 것입니다
이렇게 세상의 누이동생과 아우는 건강히 오늘 날마다를 싸
움에서 보냅니다
영남이는 여태 잡니다 밤이 늦었어요
- 누이동생

이 시는 한마디로 온갖 수탈과 질곡으로 가득 찬 일제 강점하의 현실 속에서 노동자들의 저항 의식이 구체화된 것이라고 할 수 있다.

임화는 김기림, 김유정, 최재서, 백철과 함께 탄생 100돌(2008년)을 맞았던 문학가인데, 고은 시인은 〈만인보 20 - 임화〉라는 시를 쓰기도 했다. 한번 읽어 보자.

아직껏 한국문학사에는 버려둔 무덤이 있다
마른 쑥대머리 무덤
그 무덤 벙어리 풀려 열리는 날
그 무덤 속 해골
뚜벅 걸어 나오는 날
임화는 오리라

아름다운 얼굴 다시 오리라 부신 햇살 뿜어 오리라

고아
식민지 중학교 2학년 중퇴
스무 살에 카프 중앙위원
스물네 살에 카프 서기장

아름다운 얼굴

시인 일류

비평가 일류

영화 「유랑」 「혼가」 주연 일류

혁명가는 차라리 삼류이거라

그러나 문학사 미술평론도 당시 일류

1953년 평양 사형집행으로 그의 생애는

끝나지 않고 중단되었다

그는 꼭 오리라

작자 미상

송덕비

무슨 공이 크다고 하느냐 이에 식견이 열렸어라

아침에는 일하고 저녁에는 배우며 마음을 수고롭게 힘을 다
하여

천전리 마을 중의 남녀 모두가 날마다 밝은 곳이라 이러더라

여러 사람이 비를 이루어 명시를 새기고 새겼노라

　　신현수의 송덕비다. 일제 강점기인 1920~30년대에 백정들의 실
질적 해방을 목적으로 활동한 전국적 조직인 '형평사'라는 게 있었
다. 1894년 갑오개혁으로 백정이라는 신분적 차별이 법률적으로 철
폐되었으나, 이후에도 실생활에서는 차별이 여전했다. 그래서 1923

년 진주의 강상호, 신현수, 천석구, 장지필 등을 간부로 하여 조선형평사가 창립되었다. 창립 목적을 보면 계급 타파, 공평한 사회 건설, 모욕적 칭호의 폐지, 교육의 균등과 지위의 향상, 사회 참여 의의의 앙양, 동지의 화목·협력·상조 등에 두고 백정이라는 기록을 호적에서 삭제할 것을 조선 총독부에 요구하는 등의 활동을 해서 전국에 지사 11개소, 분사 67개소, 회원 40만 명의 대규모 운동 조직으로 성장했다. 그러나 일제의 계속되는 압력으로 1937년 해체되고 말았다.

"사람 위에 사람 없고, 사람 아래 사람 없다"지만 봉건 시대인 조선 시대는 그렇지 못했다. 신분에 따라 귀한 사람도 있고, 천한 사람도 있었다. 조선 시대 신분 중 가장 천한 신분이 백정이었다. 한없이 차별받으며 억압받던 그들은 그야말로 천민 가운데 천민이었다. 그래서 남들처럼 똑같이 대우받으며 사는 것이 백정들의 소망이었고, 그들의 소망을 모아서 만든 단체가 바로 형평사衡平社였다. 형평사는 말 그대로 "저울처럼 공평한 사회를 만들고자 한 단체"였다.

1923년 결성된 뒤 1935년에 이름을 '대동사'로 바꿀 때까지 뜻 깊은 활동을 벌인 형평사는 일제 침략 35년 동안 단일 조직으로 가장 오랫동안 유지된 사회 운동 단체다. 또한 우리나라 역사상 최초로 인간 평등을 주장하며 특정 집단에 대한 차별 관습을 없애려고 활동한 훌륭한 인권 단체이기도 하다.

당시 백정들은 망건도 못 쓰고, 가죽신도 못 신고, 명주옷도 못 입고, 나이 어린 일반인에게도 존댓말을 쓰고, 일반인 집에 가서는 머리를 조아리고, 함께 걸을 때는 몇 걸음 뒤쫓아 가야 하고, 태어나도 호적에도 못 올리고 좋은 이름자도 쓸 수 없었다. 결혼, 거주, 장례 등에 이르기까지 백정들이 받았던 차별은 이루 말할 수 없을 정도였다.

　형평 운동이 진주에서 처음 시작된 것은 아무래도 진주 지역에 면면히 흐르는 피 때문이라고 생각한다. 조선 후기에 전국적으로 일어난 농민 항쟁의 출발이 1862년의 진주 농민 항쟁이었고, 한말 부정부패와 외세 침략에 저항하여 일어난 1894년 갑오농민전쟁도 진주에서 시작되었다.

　우리나라 백정의 기원은 외래이민설, 정치적 패배자설, 특수범인설 등이 있다. 이들은 도시 밖에 특수 부락을 형성하고 생활했으며 도살업, 수육(짐승 고기) 판매, 유기 제조, 피혁 가공 등에 종사한 무적자들이었다. 백정은 고려 시대에는 일반 농민을 의미했지만, 조선 시대에는 천민 신분의 하나로 도살업자를 의미했다. 고려 시대에는 화척禾尺이라고 했는데, 조선 세종 때 이들을 양인, 즉 백정에 편입시키자 사람들은 이들을 차별하여 신백정이라고 불렀고 백정 하면 으레 이들 신백정, 즉 도살업자를 지칭하게 되었던 것이다.

　비석의 주인공인 신현수 선생은 백정들을 교육시켜 눈을 뜨게 한

형평사 창립 결성식을 알리는 포스터(왼쪽)와 진주성 앞에 있는 형평 운동 기념비(오른쪽).

신분 해방 운동인 형평 운동을 이끈 인물로 강상호 · 장지필 · 천석
구 선생 등과 함께 1932년 백정 해방을 부르짖으면서 형평사를 결
성하는데 참여했다. 백정들은 그를 기리기 위해 정성을 모아 송덕비
를 세웠다. 현재 진주시 망경산 총림사 입구에 서 있는 이 송덕비는
원래 백정들이 집단적으로 살았던 장소에 세웠었는데, 해방 후 초등
학교가 건립되어 떠돌이 신세가 되었다. 개인 집 앞으로 옮겨졌다가
주택가 하수도 공사로 또 한 차례 이사를 해야 했고, 지금의 총림사
입구로 옮겨졌다. 이렇게 떠돌이 비석이었지만, 역설적으로 주민들
의 비석에 대한 애정이 대단했음을 알 수 있다. 관심을 가지지 않았

더라면 벌써 파손되었거나 사라졌을 것이다. 최근에 이 비석을 원래 있던 장소인 초등학교 앞으로 옮기고, 안내판도 세워 교육 자료로 활용하기로 했다고 한다. 대단한 진주 시민들이다.

한하운

전라도 길
─소록도로 가는 길

가도 가도 붉은 황톳길
숨 막히는 더위뿐이더라.

낯선 친구 만나면
우리들 문둥이끼리 반갑다.

천안 삼거리를 지나도
수세미 같은 해는 서산에 남는데

가도 가도 붉은 황톳길

숨 막히는 더위 속으로 절름거리며
가는 길.

신을 벗으면
버드나무 밑에서 지까다비˚를 벗으면
발가락이 또 한 개 없어졌다.

앞으로 남은 두 개의 발가락이 잘릴 때까지
가도 가도 천리, 먼 전라도 길.

'문둥이'란 한센병 환자들을 비하하는 말이다. 옛날에는 문둥이가
간을 빼먹는다는 말도 안 되는 얘기들이 떠돌기도 했다. 한센병 환
자들을 우리 사회가 얼마나 따돌리고 천대했는지 알 수 있다. 이 시
는 본인이 한센병 환자였던 한하운 선생님의 시다.
'소록도로 가는 길'이라는 부제를 통해서도 알 수 있듯이 나환자
수용소를 찾아가는 문둥병 환자의 고달픈 역정이 그려져 있다. "가

˚지까다비 じかーたび地下足袋 (일본 버선 모양의) 노동자용 작업화. たび足袋는 일본
 식 버선. '지까다비'는 엄지발가락과 둘째 발가락 사이가 갈라진 모양의 신발로 천
 으로 만들어짐. 가난한 노동자들이 신었던 신발.

도 가도 붉은 황톳길 / 숨 막히는 더위뿐"이라는 구절과, "가도 가도 천리"라는 구절에서, '천리 길'이란 실제가 그렇기도 하겠지만 천형의 길을 걷는 문둥이의 희망 없는 막막함을 느끼게 된다. 그러면서도 어쩌다 "낯선 친구를 만나면 / 우리들 문둥이끼리 반갑다"며 몸이 성한 세상 사람 모두에게서 버림받은 이의 설움을 노래하고 있다. "지까다비를 벗으면 / 발가락이 또 한 개 없어졌다"는 구절은 읽는 이의 마음을 너무 아프게 한다. 서럽다든지 하는 감정을 드러내지 않고, 사실만을 말함으로써 더 우리 가슴을 후벼 파고 있다.

소록도는 한센병 환자들이 모여 사는 곳으로 알려져 있는데, 그기원은 구한말 개신교 선교사들이 1910년에 세운 시립나요양원에서 시작되었다. 1916년에는 주민들의 민원에 따라 조선 총독부에 의해 소록도자혜병원으로 정식으로 개원했다. 이 병원이 일제 강점기에 한센병 환자를 강제 분리, 수용하기 위한 수용 시설로 사용되면서, 전국의 한센병 환자들이 강제 수용되었다. 당시 이곳에 수용된 한센병 환자들은 가혹한 학대를 당했고, 강제 노동, 일본식 생활 강요, 불임 시술 등의 인권 침해를 당했다. 얼마나 학대를 당했으면 일본인 원장이 환자에게 살해당하는 일까지 벌어지기도 했다.

이청준의 유명한 소설 《당신들의 천국》은 바로 소록도를 배경으로 한 소설이다. 여기서 '당신들'은 소록도에 천국을 세우겠다는 의

욕을 가진 원장 등일 텐데, 환자들을 위한 특별한 천국을 만들어 준다는 것은 아무리 선의에서 비롯된 일일지라도 결국 환자들을 울타리 속에 격리시키는 일밖에 되지 않는 것이다. 그들이 원하는 것은 그들만의 천국이 아니라 육체적, 정신적인 격리 상태에서 벗어나는 일이다. 소록도에 세워져야 하는 것은 '당신들의' 천국이 아니라 '우리들의' 천국이어야 할 것이다.

소록도는 고흥 녹동항에서 배로 5분밖에 걸리지 않는 아름다운 섬이다. 2009년 3월에 소록대교가 준공되어서 이제 자동차로도 갈 수 있는 곳이 되었다. 이곳에는 현재 600여 명의 한센인들이 살아가고 있는데 이제 대부분의 환자들이 연세가 많으셔서 한 달에 3~4명이 돌아가신다고 한다. 소록도에서는 일주일에 한 번꼴로 장례식이 열리고 있다. 소록도는 삶과 죽음이 따로 떨어져 있는 곳이 아니다.

여기에 사는 분들은 전염력이 없는 음성일 뿐만 아니라 발병률도 10만 명 당 0.1명 꼴이기 때문에 병에 걸릴 위험이 거의 없는데도 사회적 편견 때문에 여전히 섬 밖으로 나오지 못하고 가족들과도 떨어져 지내고 있다. 그렇지만 이 섬에서 상주하면서 자원봉사를 하거나 한센인 할아버지 할머니들과 결연을 맺고 정기적으로 방문해서 외로움을 덜어 드리는 자원봉사자 분들이 많이 있다. 세상에는 나쁜 사람들보다는 아름다운 사람들이 더 많다. 그래서 살만한 세상이다.

한하운 시인은 함경남도 함주에서 태어났지만 인천과 인연이 깊다. 1950년과 1952년 인천시 부평구에 '성혜원'과 '신명보육원'을 각각 설립, 운영하며 한센인 구제 사업을 전개하는 등 활발한 사회 활동을 하다가 57세의 나이로 생을 마감했다.

박인호

독도는 우리 땅

개그맨이자 가수인 정광태가 부른 유명한 '독도는 우리 땅'이라는 노래다. 우리 땅이 맞는데도, 우리 땅이라고 되뇌이는 노래까지 만들어 부르는 이유는 일본이 자꾸만 자기네 땅이라고 우기기 때문이다. 그래서 더욱 유명해진 노래다.

울릉도 동남쪽 뱃길 따라 이백 리
외로운 섬 하나 새들의 고향
그 누가 아무리 자기네 땅이라고 우겨도
독도는 우리 땅

경상북도 울릉군 남면도동 일번지

동경 백 삼십이 북위 삼십칠

평균 기온 십이 도 강수량은 천삼백

독도는 우리 땅

오징어 꼴뚜기 대구 명태 거북이

연어알 물새알 해녀 대합실

십칠만 평방미터 우물 하나 분화구

독도는 우리 땅

지증왕 십삼 년 섬나라 우산국

세종실록 지리지 오십 쪽 셋째 줄

하와이는 미국 땅 대마도는 몰라도

독도는 우리 땅

노일전쟁 직후에 임자 없는 섬이라고

억지로 우기면 정말 곤란해

신라 장군 이사부 지하에서 웃는다

독도는 우리 땅

2연에 나오는 독도 주소, "경상북도 울릉군 남면도동 일번지"는 시민들의 요청에 따라 '경상북도 울릉군 울릉읍 독도리 산 1~137번지'로 바뀌었다. 일본 시마네 현이 독도를 '오키군 고가촌 다케시마'라고 부르니까, 행정 구역 명칭에 맞서기 위해 우리도 '독도'라는 말을 넣은 것이다.

　　일본이 현재 독도 영유권을 주장하는 근거는 1905년 시마네현 고시 제40호다. 일본은 독도가 주인 없는 땅이므로 일본 시마네현 소속 도서로 편입시킨다는 것이다. 그러나 독도에 당시 사람이 살지 않았다고 하여 주인 없는 땅이라 할 수는 없다. 독도가 우리 영토라는 것은 각종 기록이나 옛 지도들을 통해 이미 역사적으로 입증된 사실이다.

　　《삼국사기》에 따르면 6세기 초 신라 지증왕 때 이사부가 현재의 울릉도와 독도 일대에 있던 우산국을 정벌하여 신라에 복속시켰다. 《고려사》에는 우산국 사람들이 고려에 토산물을 바친 기록이 나온다. 《세종실록지리지》에서는 울릉도와 독도를 강원도 울진현 소속으로 구분하고 있으며, 중종 때 편찬된 《신증동국여지승람》과 이 책에 덧붙어 있는 지도인 《팔도총도》에서도 독도를 확인할 수 있다. 특히 17세기 말 조선과 일본 어민 사이에 분쟁이 일어나자 안용복은 일본에 두 차례 건너가 울릉도와 독도가 조선 땅임을 다시 확인하였

독도 일본의 억지 영유권 주장이 끊이지 않고 있다.

다. 그 결과 일본 막부는 1699년에 다케시마(竹島: 당시 일본에서 울릉도를 일컫던 말)와 부속 도서를 조선 영토로 인정하는 문서를 조선 조정에 넘겼다. 조선의 문헌뿐 아니라 일본의 여러 옛 지도들에서도 독도를 조선의 땅으로 표시하고 있다.

어원학적으로도 독도는 우리 영토다. 대나무는 생물학상 나무가 아니라 벼과에 속하는 마디풀이다. 대는 한자로 '竹'이라 쓰고 '대 죽'이라 읽는다. 대나무는 오래 전 중국 남반부에서 전래된 식물이다. 현대 중국어에서는 대를 '竹'라 쓰고 '죽'이라 발음하지만, 남방의 고어에서는 '댁'이라 발음한다. 그런데 중국에서는 대나무가 전래될 때 '댁'이라는 이름도 함께 들어와서 '대'로 변한 것이다. 일본에서는 독도를 '다케시마'라고 하고 '竹島'라고 쓰는데 '다케'는 '대竹'를 뜻하고 '시마'는 '섬島'을 뜻한다. '다케'는 '댁'이 변한 말. '다케'도 '시마'도 모두 우리나라에서 건너간 말이다.

또 다른 설이 있다. 일본인들은 독도를 다케시마라고 부르는데, 그 '다케'라는 말이 대나무가 아니라 '돌'이라는 뜻의 '독'이라는 음이 와전되었다는 것이다. 순전히 우리말이라는 것이다. 그럼 우리는 그 섬을 왜 독도라고 불러왔을까? 홀로 떨어져 있는 섬이어서 '홀로 독'자를 써서 그렇게 부르는 것일까? 독도는 '독섬'의 한자 표기다. '독'은 '돌'의 전라, 경상 지방 방언이다. 따라서 독섬은 돌로 이뤄진 섬이라는 아주 자연스러운 지명이다. 문서나 지도에 지명을 올릴 때 한자로 바꿔 썼던 것이다. 그런 수많은 지명들 가운데 몇몇 보기를 들면 서울에 에 있는 뚝섬을 독도纛島로 표기한 것과 비슷한 것이다.

일본 가나는 한 낱말을 한 음절로 적지 못한다. 따라서 '독'은 도꾸→더께→다께로 와전되었고, '섬'은 너무나도 잘 알려져 있듯이 '시마'로 된 것이다. 대나무 한 그루 자생하지 않는 섬에 얼토당토않게 죽도(竹島 · 다케시마)란 이름을 붙였다면 그야말로 웃기는 일이다. 다시 말하거니와 독도는 독섬이고, 다케시마는 독섬의 와음訛音

인 것이다. 이처럼 지명으로 따져 볼 때도 독도는 분명한 우리 영토다. 어떤 설로 보아도 다 우리 영토인 것이다.

사족 하나, 가수 정광태 씨는 이 노래 때문에 그동안 일본 비자를 받지 못했다고 한다. 이제 일본 비자는 면제되었으니까 일본 방문을 했는지 모르겠다. 제5공화국 때는 외교적인 문제가 될 수 있다고 금지곡으로 지정되기도 하였다니 그것도 또한 우스운 일이다.

얼마 전《미치도록 가보고 싶은 울릉도 독도》라는 책을 읽었는데, 미치도록까지는 아니어도 울릉도와 독도는 한 번쯤은 꼭 가보고 싶은 곳이었다. 독도는 1995년까지는 입도 자체가 불가능했기 때문에 포기하고 있었지만, 현재는 그게 가능하니까 더 가보고 싶은 곳이 되었다. 여행사 앞을 지날 때마다 울릉도·독고 관광 상품을 가져오곤 했다. 작년인가 한겨레신문에서 한국관광공사와 공동으로 울릉도와 독도 관광단을 모집했다. 신문사와 관광공사가 일부나마 여행비를 지원까지 해 준다니, 게다가 한겨레 독자는 1만 원 더 깎아 준다니, 하늘이 내린 기회였다. 잽싸게 신청하고 돈까지 보냈는데 떠나기 며칠 전 날씨 때문에 취소되고 말았다. 아직 독도는 필자를 허락하지 않고 있다.

윤심덕

사의 찬미

광막한 황야를 달리는 인생아
너는 무엇을 찾으러 왔느냐
이래도 한세상 저래도 한세상
돈도 명예도 사랑도 다 싫다.

녹수청산은 변함이 없건만
우리 인생은 나날이 변했다
이래도 한세상 저래도 한세상
돈도 명예도 사랑도 다 싫다.

일제 강점기 때 '윤심덕'이라는 가수가 부른 노래다.

'사의 찬미', 즉 죽음을 찬미한다는 말이다. 제목부터 매우 퇴폐적이고 염세적이다. 윤심덕은 일제 강점기 때 가장 유명했던 정사 사건의 주인공이다. 근대화 시기의 '비련의 여인'이라고 할 수 있는 윤심덕의 죽음은 한편의 미스터리이기도 하다.

독실한 기독교인 가정에서 1남 3녀 중 둘째 딸로 태어난 윤심덕은 경성여고 사범과를 나와 강원도 원주의 보통학교 음악 선생으로 재직하던 중 성악가의 소질을 인정받아 일본 동경 음악학교에 관비 유학생으로 다녀온 엘리트였다. 성악가로서의 윤심덕의 일생은 화려하고도 비참했다. 행운과 불운이 엇갈린 삶이었다. 무엇보다 그녀를 유명하게 한 것은 노래가 아니라 그녀가 택한 죽음이었다. 윤심덕은 일본에 다녀오던 길에 연인 사이던 김우진과 현해탄에 몸을 던져 이루지 못한 사랑을 죽음으로 끝냈는데, 그래서 사람들은 그녀의 재능보다 이러한 비극적인 죽음을 기억하게 된 것이다.

당시의 신문 기사를 보자.

"관부연락선이 사일 오전 네 시경에 대마도 옆을 지날 즈음에 양장을 한 여자 한 명과 중년 신사 한 명이 서로 껴안고 갑판에서 돌연히 바다에 몸을 던져 자살하였는데…… 남자는 김우진이요, 여

자는 윤심덕이었으며…… 연락선에서 조선 사람이 정사한 것은 이
번이 처음이더라"

이바노비치의 〈도나우 강의 잔물결〉에 가사를 붙인 〈사死의 찬미〉
의 노랫말은 윤심덕의 자작시라는 말도 있고 극작가였던 김우진이
지은 시라는 말도 있다. 1920년대의 허무주의를 노래로 표현한 이들
은 결국 노래 가사대로 극적으로 생을 마감하고 말았다.

윤극영

반달

푸른 하늘 은하수 하얀 쪽배엔

계수나무 한 나무 토끼 한 마리

돛대도 아니 달고 삿대*도 없이

가기도 잘도 간다 서쪽 나라로

은하수를 건너서 구름 나라로

구름 나라 지나선 어디로 가나

* 삿대 '상앗대'의 준말. 배질을 할 때 쓰는 긴 막대. 배를 댈 때나 띄울 때, 또는 물이
  얕은 곳에서 배를 밀어 나갈 때 쓴다.

멀리서 반짝반짝 비추이는 것

샛별이 등대란다 길을 찾아라

　일제 강점기의 동요들은 비록 동요라 할지라도 대부분 사회 현실
을 표현한 노래들이 많다. 물론 겉으로 드러내지는 못하고 대체로
암시적이기는 했지만. 이 노래는 한국 최고의 창작 동요로서 1924년
윤극영이 작사, 작곡한 작품이다.

　윤극영은 방정환과 함께 조선 최초의 어린이 문화운동 단체인
'색동회'를 결성해 한글 보급과 창작 동요를 통해 아동들에게 꿈과
희망을 주었던 분이다. 그는 일본 관동대지진 때 동경에서 자행되
었던 한국인 학살과 누나의 사망 소식을 듣고 매일 우울한 나날을
보냈다고 한다. 어느 날 새벽하늘에 떠 있는 달을 보면서 우리 민족
의 처량한 운명을 생각했고, 반달이 나라 잃은 자신의 모습처럼 보
여서 가사와 곡이 영감처럼 떠올랐다고 한다. 나라 잃은 민족적 설
움과 빼앗긴 조국에 대한 뜨거운 열정을 동심의 세계로 잘 표현하
고 있는 동요다.

　'서쪽나라'는 해방된 조국을 암시한 말이었을까? 어쨌든 "샛별이
등대란다 길을 찾아라"처럼 당시 어린이들에게 꿈과 용기와 희망을
주었던 노래임에 틀림없다. 그래서 조선 총독부에서는 가사가 불순

하다는 이유로 노래를 금지시키고 탄압했다.

사족 하나, 그럼 동요 〈반달〉에서의 반달의 모습이 상현달일까, 하현달일까? 〈반달〉에 나오는 분위기의 은하수와 반달이 함께 떠 있는 밤하늘은 1년에 한두 번, 그것도 9월 전후에만 볼 수 있는 현상이라고 한다. 그러니 이 가사는 실제 천문 현상에서는 보기 힘든, 다분히 상상에 기댄 세계인 것이다. 그러나 선조들이 남긴 시가에 나오는 달이나 별에 대한 묘사는 과학적 사실에 어긋나는 경우가 거의 없다고 한다. 그만큼 선조들은 자연 현상에 관심을 갖고 해, 별, 달의 운행을 일상 깊이 받아들이며 살았던 것이다.

윤극영은 이 〈반달〉 이외에도 〈까치 까치 설날〉, 〈고드름〉, 〈따오기〉, 〈나란히 나란히〉 등 우리가 잘 아는 주옥같은 동요들을 많이 남겼다.

작자 미상

아동 십진가

일 — 일본 놈이 간교하여

이 — 이상타 생각했는데

삼 — 삼천리 약탈하다

사 — 사실이 발각되어

오 — 오조약에 떨어지니

육 — 대륙반도 이천만이 분통 친다.

칠 — 칠조약 맺은 놈들

팔 — 팔도강산 다 넘기니

구 — 국수國讐 * 왜놈에 또 오적 박멸하자

| * 국수國讐 나라의 원수

한일합방이 되자 각계각층에서 구국 운동이 벌어졌다. 그중 하나가 교육 구국 운동인데 대부분 창가를 통해 학생들의 민족의식을 일깨웠다. 이 창가의 내용은 주로 반일, 애국, 독립, 민족의식 등을 주제로 하는 노래들이었다. 당시 소학교 학생들에게 가장 많이 불렸던 재미있는 노래가 바로 이 〈아동십진가〉다. 이 창가는 한 명의 아동이 일부터 십까지 숫자를 하나하나 선창으로 메기면 나머지 아동들이 큰 소리로 부르게 되어 있다. 예를 들어 메기는 아동이 "일……" 하면 모든 아동들이 "일본 놈이 간교하여" 하고 노래하는 것이다.

이러한 민족적인 내용의 창가 보급을 일제는 당연히 금지시키려고 했다. 그래서 불시에 학교를 급습하여 학생들의 가방을 뒤져 창가집을 압수하고 해당 학생과 교사를 연행하곤 하였는데, 이러한 사건을 소위 '창가집 사건'이라고 불렀다.

작자 미상

소작인의 노래

뭉치어라 작인들아 뭉치어라

우리들의 부르짖음 하늘이 안다

뭉치어라 작인들아 뭉치어라

마음껏 굳세게 뭉치어라

뼈가 닳게 일하여도 살 수 없거늘

놀고먹는 지주들은 누구의 덕인가

그들의 몸에 빛난 옷은 우리의 땀이요

그들의 입에 맞는 음식은 우리의 피로다

봄 동산의 좋은 꽃 지주의 물건

가을밤에 밝은 달도 우리는 싫다

"소작인은 지주나 마름의 지휘에 절대 복종해야 한다.

관청이나 지주의 명령에 따르지 않으면 소작지를 박탈한다.

가족과 함께 농장 또는 농장 가까운 곳에 살며 농사에만 종사해야 한다.

지정 기일 안에 소작료를 내지 않으면 지주는 소작인의 재산을 마음대로 처분할 수 있다.

지주의 허락 없이 자기 땅을 짓거나 다른 지주의 소작인이 될 수 없다.

소작 쟁의 단체에 가입하거나 부당한 요구 또는 반항적 언사를 하면 즉시 농장 퇴거를 명한다."

일제 강점기 지주와 소작인들의 계약 관계를 정리해 놓은 글이다. 당시 소작인들의 삶은 거의 중세 시대의 노예와 다름없는 삶을 살았다.

일제 강점기 때 '암태도 소작 쟁의 사건'이란 유명한 사건이 있었다. 1920년대 일제의 저곡가 정책으로 지주의 수익이 감소하자 지주들은 소작료를 올려서 손실을 보충하려 했다. 암태도에서도 무려 수확의 7~8할을 소작료로 징수했다. 고율의 소작료에 시달리던 암태도의 소작인들은 1923년 9월 서태석의 주도로 '암태소작회'를 결성하고, 지주 문재철에게 소작료를 4할로 내려 줄 것을 요청했다. 그러나 문재철이 이를 묵살하자 소작회는 소작료 납부를 거부하는 불납동맹에 들어갔다. 경찰의 위협과 지주의 협박, 회유 속에서 소작인들은 불납동맹을 계속하는 한편, 1924년 4월 면민대회를 열어 문재철을 규탄했다. 그러나 문 씨 측이 면민대회를 마치고 귀가하는 소작인을 습격하고, 면민대회의 결의를 무시하자 소작회는 전 조선노농대회에 대표를 파견하여 소작 문제를 호소하기로 했다. 그러나 일본 경찰의 방해로 무산되자, 소작회는 5월 22일 수곡리에 있는 문재철 부친의 송덕비를 무너뜨리고 이를 저지하는 문 씨 측 청년들과 출돌하였다. 이 일로 소작회 간부 13명이 검거되는 등 사태가 악화되자 암태 청년회장 박복영은 면민대회를 열어 목포로 가서 항쟁할 것을 결의한 뒤, 400여 명의 농민이 목포경찰서와 재판소에서 두 차례에 걸쳐 집단 농성을 벌였다. 각계각층의 지원 속에 소작 쟁의가 사회 문제로 비화하자 일제 관헌이 개입하여 "소작료는 4할로 인하하고, 구속자는 쌍방이 고소를 취하하며, 비석은 소작회 부담으로 복구한다"는 약정서가 교환되었다. 약 1년간 끈질기게 지속된 암태도 소작 쟁의는 1920년대의 대표적인 소작 쟁의로 전국적인, 특히 서해안 여러 섬에서 소작 쟁의를 일으키는 계기가 되었으며, 지주와 그를 비호하는 일제 관헌에 대항한 항일 운동이었다.

방정환

어린이 노래 : 불 켜는 이

기나긴 낮 동안에 사무를 보던

사람들이 벤또 끼고 집에 돌아와

저녁 먹고 대문 닫힐 때가 되며는

사다리 짊어지고 성냥을 들고

집집의 장명등에 불을 켜놓고

달음질 해가는 사람이 있소

은행가로 이름 난 우리 아버지는

재주껏 마음대로 돈을 모으겠지

언니는 바라는 대신이 되고
누나는 문학가로 성공하겠지

아 나는 이다음에 크게 자라서
이 몸이 무엇을 해야 좋을지
나 홀로 선택할 수 있게 되거든
그렇다 이 몸은 이와 같이
거리에서 거리로 돌아다니며
집집의 장명등에 불을 켜리라

그리고 아무리 구차한 집도
밝도록 훤하게 불 켜 주리라
그리하면 거리가 더 밝아져서
모두가 다 같이 행복 되리라

거리에서 거리로 끝을 이어서
점점점 산 속으로 들어가면서
적막한 빈촌에도 불 켜 주리라
그리하면 세상이 더욱 밝겠지

여보시오 게 가는 불 켜는 이여
고달픈 그 길을 외로워 마시오

외로이 가는 불 켜는 이의
이 몸은 당신의 동무입니다.

　이 작품은 작자 미상의 외국 작품을 방정환이 번역한 번역 동시로, 1920년 《개벽》 3호에 실렸다. '어린이'는 '어린 사람'이라는 뜻인데, 그전에는 어린이를 지칭하는 마땅한 말이 없었다. 소파 방정환은 1920년 천도교 잡지 《개벽》의 도쿄 특파원으로 있으면서 번역 동시 〈어린이 노래:불 켜는 이〉를 발표함으로써 처음으로 어린이란 말을 썼다.

　우리나라에서 방정환의 이름을 못 들어 본 사람은 아마도 없을 것이다. '어린이'라는 말을 처음으로 쓴 것 말고도, 1922년 '어린이 날'을 제정하는 데도 힘을 기울였던 분이다. 그밖에도 '색동회'를 조직했고, 1923년 《어린이》라는 잡지를 창간했으며, '어린이 날' 행사를 비롯한 동화 구연, 동시 낭송, 동극 공연, 토론회, 연설회, 강연회, 전시회 등 각종 어린이 문화 운동을 벌여 나갔다. 《어린이》 창간호에는 앞에서 공부한 전래 동요 〈파랑새〉를 잡지 맨 앞에 실었다. 그의 철저한 민족의식을 엿볼 수 있다.

"어린이를 내려다보지 마시고 쳐다 봐 주시오." 이것이 소파의 어린이 관이었다. 1931년 7월 동화 집필, 구연동화, 어린이 대상 출판 활동 등의 과로로 건강이 나빠진 방정환은 구연동화 활동 중에 쓰러져 병원으로 옮겼으나, 고혈압으로 숨을 거두고 말았다. 병원에 입원해서도 간호사들에게 동

《어린이》 1923년 방정환이 창간한 우리나라 최초의 순수 아동 잡지이다.

화를 들려줄 만큼 성격이 밝았던 그는 "문간에 검정말이 모는 검은 마차가 자신을 데리러왔으니 가야겠다. 어린이를 두고 가니 잘 부탁하오"라는 유언을 남겼다고 한다.

사족, '어린이'라는 단어는 1920년대에 방정환이 처음 만든 말은 아니라고 한다. 단어 자체는 17세기 문헌에도 나온다고 한다.

작자 미상

내 살림 내 것으로 보아라

내 살림 내 것으로 보아라

우리의 먹고 입고 쓰는 것이

다 우리의 손으로 만든 것이 아니었다.

이것이 세상에서 제일 무섭고 위태한 일인 줄을

오늘에야 우리는 깨달았다.

피가 있고 눈물이 있는 형제자매들아.

우리가 서로 붙잡고 서로 의지하며 살고서 볼일이다.

입어라 조선 사람이 짠 것을

먹어라 조선 사람이 만든 것을

써라 조선 사람이 지은 것을

조선 사람, 조선 것

조선 물산 장려 운동 때 불렸던
노래다. 이 운동은 1920년대 일제
의 경제적 수탈 정책에 항거하여
벌였던 범국민적 민족 경제 자립
실천 운동이라 할 수 있다.

3 · 1 운동 후 지식층 및 대지주
들이 중심이 되어 물자 아껴 쓰기
및 우리 산업 경제를 육성시키자
는 기치 아래 민족정신을 일깨우

1922년 평양 조선물산장려회의 근검절
약 및 토산품 애용 포스터.

며 앞장서 벌여 나간 운동이다. "내 살림 내 것으로"라는 구호를 내
세운 '조선 물산 장려 운동'의 기본 정신을 보면, 의복은 남자는 무명
베 두루마기, 여자는 검정 물감을 들인 무명 치마를 입는다, 설탕, 소
금, 과일, 음료를 제외한 나머지 음식물은 모두 우리 것을 사 쓴다,
일상용품은 우리 토산품을 상용하되, 부득이한 경우 외국산품을 사
용하더라도 경제적 실용품을 써서 가급적 절약을 한다는 것이었다.
그 후 전국적으로 확산된 금주 단연 운동, 토산품 애용 운동은 거족
적 애국 운동으로 확대되어 갔지만, 일제로부터는 일화日貨를 배척

한다고 하여 탄압을 받게 되었고, 당시 민족주의 우파를 상대로 민중 운동의 주도권을 다투고 있던 사회주의계로부터는 부르주아 운동으로 비판을 받는 등 순탄치 않은 과정을 겪었다. 결국 상인들의 이기적인 이윤 추구와 일제의 분열 공작과 탄압으로 인해 유야무야 되고 말았다.

작자 미상

담바귀 타령

귀야귀야 담바귀야

동래울산 뭍에 올라

이 나라에 건너온 담바귀야

너는 어이 사시사철

따슨 땅을 버리고 이 나라에 왔느냐

돈을 뿌리러 왔느냐

돈을 훑으러 왔느냐

어이구 어이구 이 담바귀야

'담바귀'가 담배를 일컫는 말이니 이 노래는 말 그대로 〈담배 타령)이다. 우리나라에 담배가 들어온 건 조선 광해군 때 일본으로부터였다. 구한말 일본에 진 빚을 갚기 위한 국채 보상 운동이 거국적으로 일어났었다. 부녀자들은 금반지를 빼서 성금으로 내는 탈지환 동맹을, 심지어 반찬값을 줄여 성금을 내는 운동까지 번졌었다. 이때 남자들은 금연으로 담뱃값을 모아 성금으로 내는 금연 동맹운동을 펼쳤었다. 고종 황제도 감격하여 연초를 끊고 금연칙령을 내리자 잇따라 조정 대신들도 이 운동에 동참, 거족적 운동이 되었다. 이때 불린 노래가 바로 이 '담바귀 타령'이다. 당시 〈황성신문〉과 〈만세보〉 등의 적극 지지 속에서 계속된 이 금연 운동은 일제 통감부와 일진회의 방해로 중지당하고 말았다.

담배의 전파 경로를 보면, 1492년 콜럼부스에 의해 서인도제도에서 서유럽에 전해졌고, 1501년 포르투갈 선교사를 통해 인도에 전파된 것이 인도네시아, 필리핀을 거쳐 1549년에 일본에 전해졌다고 한다. 우리나라에는 이로부터 대략 40년쯤 지난 임진왜란 때 일본으로부터 전해졌다. 당시 담배는 매우 비싸서 양반 계급이 아니고서는 피우기가 힘들었다. 유몽인의 《어우야담》에 의하면 담뱃값과 은값이 거의 비슷했다고 한다. 그래서 상민층에게까지 대중화된 것은 19세기쯤 와서였다. 더군다나 상민들은 장죽으로 피울 수 없어서 짧은 곰방대로 피웠다.

감격시대

거리는 부른다, 환희에 빛나는 숨 쉬는 거리다.
미풍은 속삭인다, 불타는 눈동자.
불러라 불러라 불러라 불러라, 거리의 사랑아.
휘파람 불며 가자, 내일의 청춘아.

바다는 부른다, 정열이 넘치는 청춘의 바다여,
깃발은 펄렁펄렁 바람세 좋구나.
저어라 저어라 저어라 저어라, 바다의 사랑아.
희망봉 멀지 않다, 행운의 뱃길아.

잔디는 부른다, 봄 향기 감도는 희망의 대지여,

새파란 지평 천 리, 백마야 달려라.

갈거나 갈거나 갈거나 갈거나, 잔디의 사랑아.

저 언덕 넘어가자, 꽃 피는 마을로.

　

남인수가 부른 〈감격시대〉라는 노래다. 이 노래는 1937년 중일 전쟁이 시작되고 일본군 장성 출신인 미나미 총독이 부임한 후 이전까지의 유행가가 모두 금지된 가운데, 국민가요라는 이름으로 천황과 황군의 미래 지향 음악만을 허가했던 시기에 나온 대표적인 천황 찬양가였다. "거리는 부른다. 환희에 빛나는 숨 쉬는 거리다"라는 가사는, 대동아공영의 기치를 드높이며 일제 식민 통치의 아름다움(?)을 한 점 부끄러움 없이 노래했다.

　이 노래에 얽힌 에피소드가 있다. 김영삼 대통령 시절인 1995년 8월 15일, 광복 50주년을 기념하는 역사적인 순간에 이 노래가 한국과 전 세계에 울려 퍼졌었다. 기념식이 열렸던 시청 앞 광장에서 조선 총독부의 지붕을 잘라버리는 행사와 함께 영광스럽게 울려 퍼졌던 노래가 아이러니컬하게도 바로 대표적 친일 가수인 남인수가 불렀던 이 〈감격시대(1939)〉라는 노래였다. 그 방송을 보았을 일본 천황을 비롯한 일본인들은 얼마나 흡족해 했을까? 만약 프랑스 같은 나라에서 이런 일이 벌어졌다면 대통령이 사임해도 시원찮을 일이었지만 그 어마어마한 사건에 책임진 사람은 아무도 없었다.

이 노래에 대한 정반대의 해석이 있다. "국권 상실의 시기, 모두가 무기력과 절망에 빠져 있는 시기에 민중의 줄기찬 여망과 시대를 예감하는 놀라운

광복 50주년 기념식에서 울려 퍼진 노래 '감격시대'의 해프닝을 보도한 신문 기사.

예지력을 이처럼 강렬한 기로써 압축하여 반영한 시가는 한국 현대 시사에서조차도 그 예를 찾아 볼 수 없다. 한국 가요사의 기념비적인 노래다"라는 견해다.

어느 쪽의 견해가 옳은지는 좀 더 따져봐야겠지만, 하필 논란이 있는 노래를 고른 건 어쨌든 잘못이라고 봐야 할 것이다.

김성집

눈깔 먼 노다지

노다지 노다지 금노다지

노다지 노다지 금노다지

노다진지 칡뿌린지 알 수가 없구나

금당나귀 나올까 기다렸더니

칡뿌리만 나오니 성화가 아니냐

엥여라차 차차 엥여라차 차차

눈깔 먼 노다지야 어디가 묻혔길래

요다지 태우느냐 육촌 간장을

엥여라차 차차 엥여라차

노다지 노다지 금노다지

노다지 노다지 금노다지

노다진지 도라진지 알 수가 없구나

나오라는 노다지는 나오지 않고

도라지가 나오니 애물이로구나

엥여라차 차차 엥여라차 차차

집 팔고 논 팔아서 모조리 바쳤건만

요다지 말리느냐 사람의 간을

엥여라차 차차 엥여라차

노다지 노다지 금노다지

노다지 노다지 금노다지

노다진지 요다진지 알 수가 없구나

금가락지 한 짝도 못 해 준다고

앵돌아진 님의 속 무얼로 달래랴

엥여라차 차차 엥여라차 차차

하룻밤 흥망수는 물레와 같다지만

요다지 태우느냐 사람의 애를

엥여라차 차차 엥여라차

일제 강점기에도 소위 일확천금을 노리는 한국판 '골드러시'가 있었다. 바로 이 노래가 그 시대 분위기를 잘 말해 주고 있다. 1935년에 발표된 김유정의 소설 〈금 따는 콩밭〉에서도 노다지를 캐겠다는 허망한 꿈에 빠져 멀쩡한 콩밭을 몽땅 갈아엎고 마는 어처구니없는 상황이 나온다.

노다지란 말은 우리나라에 와서 금광을 경영하던 미국인이 채굴한 금덩이를 건드리지 말라고 "no touch"라고 말한 데에서 나왔다는 설이 있다. 이 말이 사실인지는 모르겠지만 구한말 이래로 일확천금을 노릴 수 있는 가능성이 있었던 것만은 사실인 것 같다. 일제 강점기에 접어든 이후, 금광 열풍은 특히 1930년대 후반에 강하게 불어닥쳤는데 그래서 이 유행가에까지 등장하게 되었다.

이 노래는 현재는 〈노다지 타령〉이라는 제목으로 알려져 있는데, 아아 눈깔이라는 단어가 다소 거슬리는 탓에 새로운 제목이 붙여진 것 같다. 이 노래를 부른 가수 김용환이 일찍 세상을 뜬 뒤에 그의 친동생인 김정구가 대신 이 노래를 많이 불렀다. 〈눈물 젖은 두만강〉을 부른 김정구는 김용환과 용모뿐 아니라 목소리도 상당히 비슷했다고 한다. 형제니까 당연한 일이겠지만.

떴다 보아라

떴다 보아라

안창남의 비행기

내려다보아라

엄복동의 자전거

안창남은 우리나라 최초의 비행사다. 일제 강점기에 우리나라 사람들에게 자긍심을 안겨 준 분이다. 어려운 환경에서 자란 안창남에게 큰 희망과 꿈을 준 것은 하늘을 나는 비행사가 되겠다는 그의 포부였다. 그러던 중 1917년 미국인 비행사 아트 스미스가 비행 쇼를 벌이기 위해 용산 연병장에 나타났는데 서울 상공에 펼치는 그의 곡

예비행을 보며 안창남은 자신도 반드시 비행사가 되어 하늘을 날아 보겠다는 결심을 더욱 확고히 하게 되었다.

주위에서는 비행사가 되겠다는 마음을 돌려놓기 위한 방법으로 결혼을 강요하였으나 다 물리친 안창남은 집에서 돈을 몰래 가지고 나와 일본으로 향했다. 오사카에 도착한 안창남은 오사카에서 비행학교 입학 문제를 알아보았으나 여의치 않다는 것을 알게 되고 우선 자동차 운전을 배우기로 했다. 우리나라로 돌아온 안창남은 비행학교에 다닐 학자금을 마련하기 위해 택시 사업을 시작했는데, 당시 택시 운전사는 하얀 명주 목도리를 걸치고 양복 정장을 입었으며 수입도 좋았다. 일반인들의 선망의 대상이었고, 최고의 인기 직업이었다고 한다.

자금이 마련된 안창남은 다시 도쿄로 건너가서 비행기 제작소에 들어가 비행기 제작에 대해 6개월간 공부했다. 이곳에서의 수업으로 안창남은 장래 비행사가 되어 고장난 부분 등을 직접 진단하고 수리할 만큼의 실력을 갖추게 되었다. 안창남은 비행사가 되기 위한 마지막 관문이라고 할 수 있는 오쿠리 비행학교에 1920년에 입학하게 되었다. 그는 뛰어난 비행 자질로 인하여 실력을 인정받게 되었고 우수한 성적으로 졸업했다. 졸업하자마자 이 학교의 조교수가 되어 후진 양성에 힘을 기울이던 그는 일본의 일류 비행사들이 줄줄이

한국 최초의 비행사 안창남 비행기가 추락한 후에도 당당함을 잃지 않고 있다.

낙방한 비행기 면허시험에서 일본인 후지나와라는 사람과 함께 제일 먼저 합격하는 영광을 안았다. 이로써 안창남의 이름은 '조선 출신 최초 일류 비행사'로 사람들에게 알려지기 시작하였다.

비행사 안창남이라는 이름이 국내에 알려지기 시작한 것은 월간 잡지 《개벽》 1920년 12월호에 그에 관한 글이 게재되고 난 후였다. 이후 사람들은 안창남의 모국 방문 비행을 추진했고, 그가 그의 비행기 '금강호'와 함께 우리나라로 돌아온 날부터 부산, 남대문역 등등 그가 가는 곳마다 엄청난 환영 인파가 모였다. 그의 인기는 가히 열광적이었다. 드디어 1920년 12월 10일, 수많은 관중 앞에서 역사

적인 안창남의 고국 방문 비행
이 거행되었다. 그러나 국내에
서 그의 뜻을 펼치기 어려웠던
안창남은 중국으로 망명하기로
결심, 1925년 1월경, 일본 경찰
의 감시가 소홀한 틈을 타서 동
지인 김동철과 함께 만주를 거
쳐 상해에 도착하였다. 독립운
동에도 참여하던 그는 산서 항
공학교 앞에서 뜻하지 않은 비
행기 추락 사고로 파란만장한
삶을 마치었다.

자전거 선수 엄복동 일제 강점기에 자전거
대회에서 일본 선수들을 제치고 연전연승
하며 동포들에게 희망을 주었다.

　안창남은 조선 최초로 조국의 하늘을 날았던 비행사로서뿐만 아
니라 우리나라 독립운동사에도 길이 빛날 생애를 살다 갔다. 특히,
당시 일제의 압박에 신음하던 식민지 민중들에게 선보인 안창남의
모습은 "떴다 보아라 안창남 비행기"라는 노래가 널리 퍼져간 것에
서 알 수 있듯이 그는 시대의 영웅이었다.

　당시 또 한 명의 영웅이 있었는데 바로 자전거 선수 엄복동이다.
엄 선수가 처음 자전거를 타기 시작한 것은 평택인데 당시 평택에는 자전거포가 많았다고 한다. 10대 시절에 평택의 일미상회라는 자전거 점포에서 일을 하면서 자전거를 타기 시작했다고 알려져 있다.

1906년 4월 22일 국내 최초 자전거 대회가 열렸는데, 그 시절 자전거는 자행거自行車라고 불리며 일부 부유층만 탈 수 있는 호사품이었다. 자행거라는 이름도 가마꾼 없이 스스로 가는 수레라고 해서 붙은 이름이었다.

엄복동의 이름이 알려진 대회는 바로 1913년 대회였다. 엄복동은 첫 출전해서 우승을 했다. 실력 있는 한일 선수들이 참가한 대회에서 엄복동이 우승하면서 그는 바로 민족 스타로 떠올랐다. 이때 이후로 자전거 경기대회는 한일전 양상을 띠었는데, 항상 한국인인 엄복동이 우승을 차지했다. 더욱 대단한 것은 중고 자전거를 타고 시합에 참가해서 승리를 따낸 것이었다.

당시에 "하늘에는 안창남, 땅에는 엄복동"이란 말이 유행했는데, 엄복동은 땅에서 가장 빠른 사나이였다. '페달로 세상을 돌린 사람' 엄복동은 첫 출전 우승 이후 일본 선수들과 대결에서 연전연승했고, 은퇴 뒤 복귀, 41세 나이로 복귀전에서 다시 우승했으나 그 뒤 여기저기 떠돌다 6.25 전쟁 때 사망한 것으로 알려져 있다.

일제 강점기에 안창남과 엄복동은 나라를 빼앗긴 우리 겨레에게 희망이고 영웅이고 스타였다.

작자 미상

교통선전가

행보는 문명인의 거동

좌측통행은 그의 표정

가시오 가시오 좌편으로

부디부디 잊지 말고서

우리나라 교통 체계가 100여 년 만에 우측통행으로 바뀐다는 보도를 본 적이 있을 것이다. 우리나라는 지하철 1호선과 철도만 제외하고 나머지 지하철은 모두 우측통행이다. 우리 철도가 좌측통행인 것은 일제 강점기 시대의 소산이다.

우리가 배운 어린 시절 동요에도 있듯이 차는 오른쪽으로 다니고 사람은 왼쪽으로 다니는 것이 원칙이 되어 버렸지만 이에 대해서 깊게 생각해본 적은 없었을 것이다.

우리나라를 비롯하여 미국, 독일, 프랑스, 이태리 등 지구상 대부분의 나라는 자동차의 운전석을 좌측에 설치하고 도로 중앙의 우측을 통행하지만, 일본과 영국 그리고 영국의 식민지였던 국가들 즉 홍콩, 싱가포르, 호주 등에서는 좌측통행을 하고 있다.

우리나라가 자동차와 사람의 통행의 방법과 원칙을 정하게 된 것은 우마차가 주된 교통수단이었던 1906년경이었다. 제대로 된 통행원칙이 없어 교통사고가 자주 일어나자 우측통행을 하기로 했고, 이때부터 우측통행 운동은 전국적으로 퍼져 나갔다.

그런데, 일제 강점기인 1921년 조선 총독부는 전통적으로 좌측통행을 하는 일본인들과 중국인들이 불편하다고 해서 사람과 차량 모두 좌측으로 다니도록 강요했다. 그 후 1946년 미군정이 다시 차량만을 우측통행으로 바꿔 오늘날 차량은 오른쪽 길, 사람은 왼쪽 길로 다니고 있다. 그러니까 현재 우리의 통행 방식은 미국식과 일본식이 합쳐진 것이다.

일본 사람들이 좌측통행을 하게 된 이유는 무엇일까? 일본 사무라이들은 주로 왼쪽에 칼을 차고 다녔다. 그런데 오른쪽 통행으로 좁은 골목길을 다닐 때면 상대방의 칼과 자주 부딪쳐서 불필요한 오해가 생기곤 했다. 그래서 불필요한 싸움을 피하고자 왼쪽으로 걷게 되던 버릇이 보행 예절이 되었던 것이다. 일제는 그것을 우리에게 강요하였고, 이것이 100여 년이 지난 지금까지 내려오게 된 것이다. 일본의 교통 체계는 영국인이 설계를 했다고 한다.

우측통행으로 바꾸려는 정부 발표에 의하면, 이미 건물의 회전문, 횡단보도 등 많은 시설물이 우측통행에 편리하게 설계돼 있어 우측통행으로 전환할 경우 보행 속도가 1.2~1.7배 빨라지고 보행 충돌 횟수가 7~24% 줄어들 거라고 한다. 다시 요약하면, 통행 원칙이 처음 생겼던 1905년 처음 우측통행이었으나 일제가 1921년 좌측통행으로 바꿨고, 이후 미군정 때인 1946년에 자동차만 우측통행을 하는 것으로 바뀐 뒤, 지금까지 이 방식이 사용된 것이다.

그런데 전면적 우측통행에 대한 반대 의견도 있다. 세계 모든 국가가 누구나 지키면 안전하고 어렵지 않게 지킬 수 있는 '보도와 차도가 구분되지 아니한 도로' 또는 '횡단보도'를 보행할 시 적용되는 규칙 외에 여타의 보도시설에서는 보행 방향을 규제하지 않고 있다는 것이다. 굳이 '보도와 차도가 구분되지 아니한 도로' 외의 보도시설을 보행할 때 지켜야 할 규칙으로 추진 중인 '보도시설 내 우측보행 규제 정책'이 정말로 필요한 정책이고 국민의 안전과 편의를 위한 정책인지 모르겠다는 것이다.

박팔양

인천항

조선의 서편 항구 제물포 부두,
세관의 기는 바닷바람에 퍼덕거린다.
잿빛 하늘, 푸른 물결, 조수 내음새,
오오, 잊을 수 없는 이 항구의 정경이여.

상해로 가는 배가 떠난다.
저음의 기적, 그 여운을 길게 남기고
유랑과 추방과 망명의
많은 목숨을 싣고 떠나는 배다.

어제는 Hongkong, 오늘은 Chemulpo, 또 내일은 Yoko-
hama로
세계를 유랑하는 코스모포리탄
모자 삐딱하게 쓰고 이 부두에 발을 내릴 제,
축항 카페에로부터는
술 취한 불란서 수병의 노래
"오! 말쎄이유! 말쎄이유!"
멀리 두고 와 잊을 수 없는 고향의 노래를 부른다.

부두에 산같이 쌓인 짐을 이리저리 옮기는 노동자들
당신네들 고향은 어데시오?
"우리는 경상도" "우리는 산동성"
대답은 그것뿐으로 족하다.

월미도와 영종도 그 사이로
물결을 헤치며 나가는 배의
높디 높은 마스트 위로 부는 바람
공동환의 기빨이 저렇게 퍼덕거린다.

오오, 제물포! 제물포!

잊을 수 없는 이 항구의 정경이여.

　박팔양의 〈인천항〉이라는 시다. 이 시를 썼을 당시 인천항은 제물
포를 중심으로 연간 130만 톤의 화물을 하역할 수 있는 근대적 갑문
식 항만 시설로 발돋움하고 있었다. 인천항은 수도 서울의 관문인
동시에 서해안 제1의 무역항이다. 조선 시대 초기에는 제물포로 불
리던 군사 요충지였으며, 1883년(고종 20년) 조일수호조약(제물포
조약)에 의하여 부산항과 원산항에 이어 우리나라에서 세 번째로 강
제 개항되었다. 한적한 어촌 포구였던 인천항은 개항과 함께 일본,
청국과의 정치, 외교, 군사, 경제 활동의 중심을 이루게 되었고, 개
화의 물결 속에서 국제항으로서의 기반을 잡게 되었다. 그러나 인천
항은 지리적 중요성과는 달리 조수 간만의 차가 심하여 만조 시에는
10m까지의 조수 간만의 차가 발생하여 자연적인 악조건을 갖고 있
었다. 그래서 이러한 자연적인 장애를 극복하기 위해 조수간만의 차
와 관계없이 선박의 입출과 접안 및 하역이 가능한 갑문식으로 만들
수밖에 없었다. 당시 세계에서 여섯 번째로 설비된 갑문은 동양 최
초이자 최대의 규모였다.

　이 시에 나오는 것처럼 '제물포'는 원래 지금의 인천역 일대를 가

조선프롤레타리아예술동맹(카프) 소속 문인들

리킨 포구의 이름이었다. 그런데 엉뚱하게 항구와 아무 관련이 없는 역에다 제물포라는 이름을 붙여버렸다. 인천역을 제물포역으로 바꾸는 운동이라도 해야 할 것 같다. 하기야 인천의 서쪽에 있는 역을 동인천역이라고 부르지를 않나, 인천의 지명이 잘못된 곳은 한두 군데가 아니다.

이 시를 쓴 박팔양의 필명은 '금여수金麗水' 또는 '여수麗水'로, 1905년 수원군 안용면에서 태어났다. 현재의 화성시 동탄면이 그의 고향이다. 초기에는 참여적 성향의 조선 프롤레타리아 예술동맹에 가담하여 계급문학에 관심을 가졌다가, 이후에는 탐미적인 그룹인 구인

회에 가담하는 등 다양한 문학적 편력을 거치면서 모더니즘과 계급적 경향성의 양면적인 모습을 보여 주었다.

광복 당시 〈만선일보〉 기자로 만주에 머물고 있던 박팔양은 귀국하던 중 북조선에 그대로 머물러 월북 작가가 되었다. 박팔양은 일제 강점기 동안 관제 언론사인 〈만선일보〉의 기자를 지낸 이유로 민족문제연구소의 《친일인명사전》 문학 분야에 선정되었다. 1988년 월북 작가들이 해금되면서 우리나라에서도 재평가가 시작되어, 시선집 〈태양을 등진 거리〉가 발간되었다.

일제 강점기 개관

일제는 1905년 을사조약을 통해 대한 제국의 외교권을 박탈하고, 1907년에는 정미7조약을 통해 대한 제국의 내정을 장악함으로써 한국의 식민지화를 본격화하였다. 또한 1909년 국권 피탈에 저항하는 의병들을 남한대토벌 작전을 통해 강제 진압하였다. 결국 1910년 한국은 일제에 의해 강제 합방당하여 식민지로 전락하게 되었다(경술국치).

일제는 식민 통치를 위하여 한국을 지배할 최고 기관으로 조선 총독부를 설치하고, 3대 통감이던 데라우치를 초대 총독으로 임명했다. 총독은 일본 국왕에 직속되어 일본 내각의 통제를 받지 않는다는 특수한 지위를 부여받았는데, 이 때문에 총독은 한국 내에서 절대적인 통치권을 행사할 수 있었다. 총독은 반드시 육군이나 해군의 대장 등 군인 출신, 즉 무관 출신으로만 임명하였으며, 총독부의 주요 관리는 일본인이 차지했다. 그러면서도 한국인들도 정치에 참여한다는 것을 선전하기 위해 소위 중추원을 두었으나, 중추원은 친일파로만 구성하였다. 그나마 3·1 운동 이전까지 한 차례도 소집되지 않은 유명무실한 기구였다.

1910년대는 헌병경찰제도를 통한 무단 통치 시대였다. 원래 헌병은 군인을 단속하는 군인인데, 이러한 헌병에게 일반 경찰 업무까지 맡겼던 것으로, 한국인을 군인에 의해 강압적으로 다스리겠다는 뜻이 포함된 것이다. 헌병경찰들은 전국 곳곳에 배치되어 독립군은 물론 일반 민간인들에게까지 막강한 권력을

조선 총독부 일제 강점기에 식민 지배를 총괄한 중추기관이다. 조선의 정기를 끊어놓고자 조선의 정궁이었던 경복궁의 중심에 설치했으며, 경복궁의 중심축과 일부러 비틀어지게 건설했다.

행사했다. 더구나 헌병경찰들은 즉결 처분권을 가지고 있었으므로 많은 한국인들은 이 즉결 처분권에 의해 정식 재판의 절차 없이 체포되거나, 벌금, 태형, 구류 등의 처벌을 받아야만 했다. 또한 일제는 한국인들을 더욱더 강압적으로 다스리기 위해 조선태형령을 제정하였다. 조선태형령은 "조선인은 맞아야 정신을 차린다."라는 인식에서 나온 것으로, 태형은 갑오개혁 때 이미 폐지된 봉건적 악습이었다. 더구나 일제는 태형을 한국인에게 한정시켜, 이를 한국인 통제의 수단으로 삼았다.

총독부는 나아가 민족 교육을 금지시키기 위해 1차 조선 교육령과 사립학교 규칙을 정하여 민족 교육을 탄압하였다. 일반 관리는 물론 학교 교원들까지도 제복을 입히고 칼을 차게 하여 위압적인 분위기를 조성하였다. 또 민족 지사들을 탄압하기 위해 소위 '105인 사건'을 조작하여 많은 독립운동가들을 체포했다. '105인 사건'은 '데라우치 암살미수사건'이라고도 하는데 제1심 공판에서

유죄 판결을 받은 사람이 105명이었으므로 일반적으로 '105인 사건'이라고도 한다.

1910년대 가혹한 무단 통치에 끈질기게 저항하던 한국인은 마침내 1919년 3 · 1 운동이라는 거국적인 만세 운동을 일으켰다. 이에 일제는 한국인에 대한 통치 방식이 변화해야 할 것을 느꼈고, 1919년에 총독으로 부임한 '사이토'는 소위 문화 통치를 실시했다. 기존 1910년대의 통치 방식이 힘에 의한 무단 통치 였다고 한다면, 1920년대 문화 통치는 강압적으로만 통치하는 것이 아니라 한국인을 문화인으로서 대우를 하여 통치를 하겠다는 것이다. 그러나 실제 문화 통치의 본질은 한국인에 대한 통제를 교묘하게 강화시키는 것이며, 나아가 친일파를 육성하여 민족을 분열시키려는 민족 기만적인 통치 체제였다.

헌병경찰제도를 보통경찰제도로 변경했으나 경찰서와 경찰의 숫자를 크게 늘렸고, 더 나아가 고등경찰제도를 실시했다. 문관 출신의 총독도 임명할 것이라고 했으나 단 한 명의 문관 출신도 없었다. 의회를 설립하여 조선인의 참정권을 부여한다고 하였으나 의회에 친일 인사들만 위원으로 임명했고, 언론 · 출판의 자유를 허용한다고 조선일보와 동아일보가 창립되었으나 언론에 대한 검열을 강화하여 삭제, 압수, 벌금, 정간을 밥 먹듯이 저질렀다. 집회 · 결사의 자유를 허용한다고 하면서 친일 단체를 조직하여 친일파들을 육성했고, 교육 기회를 확대한다고 하였으나 식민 지배에 필요한 정도의 초급 학문과 기술 교육만 시켰다.

이처럼 문화 통치는 실질적으로 억압하는 과정을 교묘하게 가린 기만적인 정책에 불과했다. 더 큰 문제는 이러한 기만 정책에 순응하는 한국인들이 생겨났다는 것이다. 이들은 총독부의 적극적인 친일 세력 양성에 포섭되어, 친일파로서 변절해 나갔다. 이들은 각종 친일 단체를 조직하고, 항일 운동을 비판했

놋그릇 공출 일제는 전쟁에 필요한 철과 금속을 확보하기 위해 농기구뿐만 아니라 제기나 학교 동상까지 수탈했다.

다. 이광수와 최남선은 민족 개조론, 자치론 등을 주장했는데 "한국민은 천성이 게으르고, 나쁘기 때문에 국권을 빼앗긴 것"이라면서 "민족 독립운동보다도 민족성의 개조가 먼저 필요하다"고 지껄였다.

　제1차 세계대전은 일본 경제의 비약적인 발전을 가져왔다. 일본은 전쟁 중이던 유럽에 많은 상품을 수출하여 자본을 축적했고, 이를 바탕으로 1920년대의 번영을 누렸다. 하지만 1929년 세계적으로 공황이 발생하면서, 일제도 극심한 경제적인 침체를 겪어야 했다.

　1930년대 일제는 공황을 타개하기 위한 방법으로 중국의 만주 침략을 단행했다. 이는 만주 침략에 필요한 무기를 생산하는 과정에서 경제 부흥을 일으킬

수 있을 뿐만 아니라, 새롭게 만주라는 시장을 개척할 수 있기 때문이었다. 결국 일제는 1931년 만주사변을 일으켜 만주를 점령했다. 그리고 만주국이라는 친일 국가를 건립하여 만주 지역에 대한 진출을 확고히 하였다.

일제는 나아가 중국 본토의 침략을 준비하여 1937년 중일 전쟁을 일으켰다. 그러나 일제의 중국 침략은 중국에서 각종 이권을 챙겨 가고

정신대 일제는 조선의 처녀를 정신대라는 이름으로 모집하거나 강제로 끌고가 위안부로 동원하는 등 천인공노할 만행을 저질렀다.

있던 관련 국가들에게는 불만스러운 것이었다. 특히 일본이 중국을 넘어서 동남 아시아까지 진출하려고 하자 필리핀을 점유하고 있던 미국과의 갈등이 심화되었다. 미국은 일본에게 군사적 진출을 자제할 것을 요청하였지만 일본은 오히려 미국의 해군기지인 하와이를 선제공격하여 미국에게 큰 타격을 입혔다. 결국 미국과 일본 간에는 제2차 세계 대전과 맞물리면서 1941년 태평양 전쟁이 발발했다.

일제는 국가총동원법이라는 법을 만들어 학도병제, 징병제를 통해 강제로 군대로 징집하고 징용제를 통해 탄광, 공장 등에 강제로 징집하여 일을 혹사시켰으며 여성들을 일본군 위안부로 동원했다. 공출제도를 마련하여 식량을 강

제로 거두어 갔고, 대신 만주에서 들여 온 잡곡을 배급제를 통해 지급했다. 나아가 전쟁에 필요한 철과 금속을 확보하기 위해 농기구, 식기, 놋그릇, 제기, 학교 동상까지 수탈하여 갔다.

또한 일제는 민족정신을 압살하기 위해 "우리는 황국 신민"이라고 시작하는 황국신민서사를 암송하게 하고, 일본 왕이 있는 궁성 쪽에 절을 하게 하였으며, 각지에 신사를 세우고 신사 참배를 강요했다. 성과 이름을 일본식으로 바꿀 것을 강요했고, 오직 일본어와 일본사만 가르치게 했다. 조선일보와 동아일보를 폐간했고 집회를 금지시켰다. 민족정신을 말살시키기 위해 일본과 조선이 한 몸이라는 내선일체內鮮一體를 주장했고, 같은 조상을 둔 민족이라는 일선 동조론을 강요했다. 소학교를 '황국 신민의 국민'이라는 뜻의 '국민학교'로 개칭하였다.

일제가 1931년 9월 만주를 침략하자, 만주에 있던 조선인들은 즉각 무장을 하고 일본군에 맞서 싸웠다. 먼저 양세봉·이청천 등 민족주의자들이 이끌었던 조선혁명군과 한국독립군은 중국인들과 손을 잡고 치열하게 저항했으나, 일제의 집중적인 공격을 받아 차츰 만리장성 이남의 중국으로 후퇴하고 말았다. 중국 관내에서는 1937년 중일 전쟁이 일어나자, 김원봉 등 130여 명이 중국의 도움을 받아 1938년 10월 조선의용대를 창설했다.

중일 전쟁 발발 후 일본군에 쫓겨 항저우·창사 등지로 전전하던 대한민국 임시 정부는 1940년 충칭에 안착했는데, 그해 한국광복군을 창설했다. 광복군은 조선의용대의 잔류 부대를 흡수하여 대열을 늘리는 한편, 1943년 8월 광복군 8명을 미얀마 전선에 파견해 영국군을 도와 태평양 전쟁에 참전했다. 1945년 8월 15일 일본의 패전으로 광복이 찾아옴으로써 한국의 모든 독립 운동도 막을 내리게 되었다.

| 참고 문헌 |

강만길,《고쳐 쓴 한국근대사》, 창작과비평사, 1997 .

김인기 외,《청소년을 위한 한국근현대사》, 두리미디어, 2008.

강준만,《한국근대사산책 1》, 인물과 사상사, 2007.

강준만,《한국근대사산책 2》, 인물과 사상사, 2007.

강준만,《한국근대사산책 3》, 인물과 사상사, 2007.

강준만,《한국근대사산책 4》, 인물과 사상사, 2007.

강준만,《한국근대사산책 5》, 인물과 사상사, 2007.

강준만,《한국근대사산책 6》, 인물과 사상사, 2008.

강준만,《한국근대사산책 7》, 인물과 사상사, 2008.

강준만,《한국근대사산책 8》, 인물과 사상사, 2008.

강준만,《한국근대사산책 9》, 인물과 사상사, 2008.

강준만,《한국근대사산책 10》, 인물과 사상사, 2008.

광복회미래전략연구소 엮음,《광복조국》, 위버알레스, 2009.

권보드래,《연애의 시대 : 1920년대 초반의 문화와 유행》, 현실문화연구, 2003.

김치수 외,《식민지시대의 문학연구》, 깊은샘, 1980.

김한종 외,《한국근 · 현대사》, 금성출판사, 2008.

박주택,「백석 시의 자연이미지와 욕망의 구현 연구」,《시인》, 2008

박한용 외,《시와 이야기가 있는 우리역사》, 동녘, 2003.

반민족문제연구소,《청산하지 못한 역사 2》, 청년사, 1994.

이동순,《민족시의 정신사》, 창작과비평사, 1996.

이병천,《신시의 꿈 1》, 한문화, 2004.

이병천,《신시의 꿈 2》, 한문화, 2004.

이병천,《신시의 꿈 3》, 한문화, 2004.

이시영,「백석 시 다시 읽기」,《시인》, 2008

이야기 한국역사편집위원회,《이야기 한국역사 9》, 풀빛, 1997.

이야기 한국역사편집위원회,《이야기 한국역사 10》, 풀빛, 1997.

이야기 한국역사편집위원회, 《이야기 한국역사 11》, 풀빛, 1997.
이야기 한국역사편집위원회, 《이야기 한국역사 12》, 풀빛, 1997.
일본교과서바로잡기운동본부 편, 《일본교과서 역사왜곡》, 역사비평사, 2001.
임종국, 《친일문학론》, 평화출판사, 1986.
장세현 엮음, 《어린이 백범일지》, 푸른나무, 2000.
정우택, 「재'만주' 조선인의 시문학」, 《시인 2009》, 2009.
한중일3국공통역사편찬위원회, 《동아시아 3국의 근현대사 미래를 여는 역사》, 한겨레출판, 2006.

|수록 시집 및 도서|

김동환,《국경의 밤》, 미래사, 1991.

김학동 편,《이육사전집》, 새문사, 1986.

도종환 해설,《선생님과 함께 읽는 김소월》, 실천문학사, 2002.

박일환 해설,《선생님과 함께 읽는 이용악》, 실천문학사, 2004.

신현수 해설,《선생님과 함께 읽는 한용운》, 실천문학사, 2005.

윤영천 편,《이용악시전집》, 창작과비평사, 1988.

이동순 편,《백석시전집》, 창작사, 1987.

조재도 해설,《선생님과 함께 읽는 윤동주》, 실천문학사, 2006.

최두석 편,《오장환전집. 1》, 창작과비평사, 1989.

홍정선 편,《이산 김광섭시전집》, 문학과지성사, 2005.

교육출판기획실 엮음,《교과서와 친일문학》, 동녘, 1988.

권오성 외,《고전시가의 모든 것》, 꿈을 담는 틀, 2008.

권오성 외,《낯선 시의 모든 것》, 꿈을 담는 틀, 2008.

권오성 외,《현대시의 모든 것》, 꿈을 담는 틀, 2008.

김규동 김병걸 편,《친일문학작품선집 1》, 실천문학사, 1986.

김규동 김병걸 편,《친일문학작품선집 2》, 실천문학사, 1986.

동학농민혁명백주년기념사업회,《황토현에 부치는 노래》, 창작과비평사, 1993.

윤희중 외 엮음,《고전문학의 이해와 감상–운문》, 문원각, 1999.

정희성 엮음,《현대시의 이해와 감상 1》, 문원각, 2003.

정희성 엮음,《현대시의 이해와 감상 2》, 문원각, 2003.

제3회우금티문학상수상집,《우금티 마루에 흐르는》, 심지, 2008.

이상화

1901년 대구에서 태어났다. 본관은 경주 호는 상화尙火다. 1919년 서울 중앙고보를 3년 수료하고 3·1 운동이 일어나자 대구 학생 시위운동을 지휘했다. 1922년 문예지《백조白潮》동인으로 활동하면서, 〈말세末世의 희탄欷嘆〉, 〈단조單調〉, 〈가을의 풍경〉, 〈나의 침실로〉, 〈이중二重의 사망〉 등을 발표하고 이듬해 일본의 아테네 프랑세에서 프랑스 어 및 프랑스 문학을 공부하고 1924년 귀국했다. 《개벽》지를 중심으로 시·소설·평론 등을 발표하고 시 〈빼앗긴 들에도 봄은 오는가〉를 발표하면서 신경향파에 가담하여 활동했다. 주요 작품으로는 위에 든 작품 외에 〈비음의 서사〉, 〈마음의 꽃〉, 〈조소嘲笑〉 등이 있다.

이용악

1914년 함경북도 경성에서 태어났다. 일본 도쿄에 있는 조치대학에 다니던 1935년, 《신인문학》에 시 〈패배자의 소원〉을 발표하면서 등단했다. 광복 후 조선문학가동맹 소속으로 활약하다 미 군정에 의해 수감되었으며 1950년 6·25 전쟁 당시 월북했다. 월북한 지 21년이 지난 1971년에 사망한 것으로 알려져 있다. 대표작으로는 〈북국의 가을〉, 〈풀벌레 소리 가득 차 있었다〉, 〈낡은 집〉, 〈슬픈 사람들끼리〉 등이 있으며 시집으로는 《분수령》, 《낡은 집》, 《오랑캐 꽃》 등이 있다.

오장환

1918년 충북 보은에서 태어났다. 휘문고등보통학교에서 수학했고, 《조선문학》에 〈목욕간〉을 발표하면서 작품 활동을 했다. 8·15 광복 후 '조선문학가동맹'에 가담, 문학대중화운동위원회 위원으로 활약하다가 1946년 월북했다. 시집으로 《성벽》, 《헌사》, 《병든 서울》, 《나 사는 곳》 등이 있다.

백석

1912년 평안북도 정주에서 태어났다. 오산중학과 일본 도쿄 아오야마학원을 졸업했다. 조선 일보사 출판부에서 근무하기도 했다. 1936년 시집 《사슴》을 간행하여 문단에 데뷔했다. 특유의 평북 사투리와 사라져가는 옛것을 소재로 삼아 특유의 향토주의 정서를 바탕으로 하고 있으면서도 뚜렷한 자기 관조로 한국 모더니즘의 또 다른 측면을 개척했다는 평을 받고 있다.

김소월

본명은 정식으로 1902년 평안북도 구성에서 태어났다. 남산보통학교를 졸업하고 1915년 오산학교에서 평생 문학의 스승이 될 김억을 만났다. 오산학교에 다니는 동안 활발한 시작 활동을 했다. 1925년에는 생전에 낸 유일한 시집인 《진달래꽃》을 발간했다. 주요 작품으로는 〈산유화〉, 〈예전엔 미처 몰랐어요〉, 〈먼후일〉 등이 있다.

김소월은 〈엄마야 누나야〉와 같은 소박한 전원시 또는 동시적 경향과, 〈예전엔 미처 몰랐어요〉류의 애틋한 사랑시, 그리고 〈삭주구성〉, 〈길〉 등의 향토적 서정시, 〈부모〉로 대표되는 가족주의시, 〈접동새〉와 같은 설화적 민속시 등 서정시의 다양한 세계를 보여 준 시인이다. 그런데 드물기는 하지만 〈우리에게 보습대일 땅이 있었다면〉 같은 현실에 대한 비판적 인식이나 저항 의지가 담긴 시 세계를 보여 주기도 했다.

김동환

1901년 함경북도 경성에서 태어났다. 중동중학교 졸업 후 일본에 유학하여 도요대학 영문과에서 수학하다가 관동대지진으로 귀국했다. 함북에서 발행된 〈북선일일보〉를 비롯하여 〈조선일보〉와 〈동아일보〉 등에서 기자로 근무하며 시 창작 활동을 시작했다. 1924년 발표한 〈적성赤星을 손가락질하며〉가 본격적인 등단작이다. 장편 서사시 〈국경의 밤〉(1925)으로 문단의 주목을 받았다. 1929년 종합월간지 《삼천리》와 문학지 《삼천리문학》을 창간해 운영했는데, 일제 강점기 말기에 친일 단체에서 활동하고 전쟁 지원을 위한 시를 발표하는 등 활발한 친일 활동을 했다.

주요한

1900년 평안남도 평양에서 태어났다. 초등학교 졸업 후 일본으로 건너가 메이지학원 중등부와 도쿄 제1고등학교를 거쳐 3·1 운동 후 상하이로 망명, 후장대학을 졸업했다. 귀국 후 동아일보사와 조선일보사 편집국장을 지냈다. 1943년 조선문인보국회 시부 회장, 1945년 조선언론보국회 참여 등 친일 문필 활동을 했다는 비난을 받고 있다.

윤해영

함경북도 출생으로 룽징에서 교사로 근무했다는 것 외에는 신상에 대해서는 잘 알려져 있지 않다. 일제 강점기에 만주 지역에서 활동한 시인이다. 가곡 〈선구자〉의 작사자로 유명하다.

이광수

1892년 평안북도 정주에서 태어났다. 호는 춘원春園이다. 1917년 〈매일신보〉에 장편소설 《무정》을 발표하여 최남선과 함께 신문학 개척기의 선구자 역할을 했다. 대한민국 임시정부에 참가하기도 했으며, 동아일보 편집국장과 조선일보 부사장을 지내기도 했다. 1937년 수양동우회 사건으로 투옥되었다가 반 년 만에 병 보석으로 풀려났는데 이때부터 본격적인 친일 행위로 기울어져 1939년에는 친일어용단체인 조선문인협회朝鮮文人協會 회장이 되었으며 가야마 미쓰로香山光郎라고 창씨개명을 했다.

서정주

1915년 5월 18일 전라북도 고창高敞에서 태어났다. 본관은 달성, 호는 미당未堂이다. 고향의 서당에서 공부한 후, 서울 중앙고등보통학교를 거쳐 1936년 중앙불교전문학교를 중퇴했다. 1936년 〈동아일보〉 신춘문예에 시 〈벽〉으로 등단하여 같은 해 김광균, 김달진, 김동인 등과 동인지 《시인부락詩人部落》을 창간하고 주간을 지냈다. 1941년 〈화사花蛇〉〉 〈자화상自畵像〉 〈문둥이〉 등

24편의 시를 묶어 첫 시집 《화사집》을 출간했다. 그러나 1942년 7월 〈매일신보〉에 다츠시로 시 즈오達城靜雄라는 이름으로 평론 《시의 이야기 – 주로 국민 시가에 대하여》를 발표하면서 태평양 전쟁을 찬양하고 당시, 조선인의 전쟁 참여를 독려하는 친일시와 글을 통해 친일 활동을 했다.

모윤숙

1910년 함경남도 원산에서 태어났다. 1931년 이화여자전문학교 문과를 졸업하고, 1935년 경성제국대학 영문과 선과를 수료한 뒤, 월간 《삼천리三千里》와 중앙방송국 등에서 기자로 활동했다. 1933년 첫 시집 《빛나는 지역》, 1937년 장편 산문집 《렌의 애가》를 출간했다. 1940년부터는 여러 친일 단체에 가입하여 강연 활동과 친일적인 내용의 글을 발표하며 노골적인 친일 활동을 했다.

노천명

1912년 황해도 장연에서 태어났다. 진명학교를 거쳐, 이화여전 영문학과를 졸업했다. 1932년 〈밤의 찬미〉를 발표하며 등단한 이후 〈조선중앙일보〉, 〈조선일보〉, 〈매일신보〉에서 기자로 근무하면서 창작 활동을 했으며, "모가지가 길어서 슬픈 짐승이여"로 시작되는 시 〈사슴〉이 유명하다. 1941년부터 1944년까지 태평양 전쟁을 찬양하는 친일 작품들을 남겼다.

홍사용

휘문의숙을 졸업했다. 1922년 나도향, 현진건 등과 동인지 《백조》를 창간했다. 신극운동에도 참여하여 연극 단체 토월회土月會를 이끌며 희곡도 썼다. 항일 시인으로 분류되는 이육사, 윤동주, 이상화 등을 제외하면 일제 강점기 후반에 대부분의 시인들이 친일 작품을 남기게 되는데, 홍사용은 이 시기에도 친일시를 창작하거나 친일 활동을 하지 않은 시인 중 하나다. 대표작으로는 〈나는 왕이로소이다〉, 〈봄은 가더이다〉가 있다.

한용운

1879년 충청남도 홍성에서 태어났다. 1906년 설악산 백담사에서 승려가 되었다. 1916년 월간지 《유심唯心》을 발행했으며 3 · 1 운동 때 민족 대표 33인의 한 사람으로서 독립 선언서에 서명, 체포되어 3년형을 선고받고 복역했다. 1927년 신간회에 가입하여 중앙집행위원이 되어 경성지회장을 역임했다. 시집으로 《님의 침묵沈默》이 있다. 일제에 대한 저항 정신으로 집도 조선 총독부 반대 방향인 북향으로 지었고, 식량 배급도 거부했다고 한다.

이육사

1904년 경상북도 안동에서 태어났다. 1925년 의열단에 가입했고, 1927년 10월 18일 일어난 장진홍의 조선은행 대구지점 폭파 사건에 연루된 혐의로 처음으로 투옥되었다. 중국과 대구, 경성을 오가며 항일운동을 하는 와중에도 1937년 윤곤강, 김광균 등과 함께 동인지 《자오선子午線》을 발간하며 〈청포도〉를 비롯하여 〈교목〉, 〈절정〉, 〈광야〉 등을 발표했다. 1943년 국내에서 체포되어 베이징으로 압송되어, 이듬해 베이징 감옥에서 옥사했다.

윤동주

1917년 당시 북간도 간도성 화룡현 명동촌에서 태어났다. 명동소학교, 은진중학교를 거쳐 평양의 숭실중학교로 편입하였으나 신사참배 거부로 자퇴했다. 1941년 연희전문학교 문과를 졸업한 후 일본으로 건너가 도쿄 릿쿄 대학 영문과에 입학하였고, 6개월 후에 교토 시 도시샤 대학 문학부로 전학했다. 1943년 7월 14일, 귀향길에 오르기 전 사상범으로 일본 경찰에 체포되어 이듬해 독립운동을 했다는 죄목으로 2년형을 언도받고 후쿠오카 형무소에 수감되었다가 1944년 1월 16일 옥사했다. 1948년 유고시집 《하늘과 바람과 별과 시》가 간행되었다.

심훈

1901년 서울에서 태어났다. 1919년 경성보통학교(현 경기고등학교) 4학년 재학시 3 · 1 운동에 참여했다는 이유로 투옥되었다. 1923년부터 〈동아일보〉, 〈조선일보〉, 〈조선중앙일보〉에서 기자 생활을 하면서 시와 소설을 쓰기 시작했다. 1935년 장편《상록수》가 동아일보 발간 15주년 기념 공모에 당선되면서 크게 각광을 받았다. 1936년 세상을 떠났는데 1949년에 시집《그 날이 오면》이 발간되었다.

김영랑

1903년 전라남도 강진에서 태어났다. 1917년 휘문의숙에 입학, 3 · 1 운동 때에는 강진에서 의거하려다 일본 경찰에 체포되어 6개월간 옥고를 치렀다. 1930년 박용철, 정지용 등과 함께《시문학》동인으로 참가하면서 본격적인 시작 활동을 시작했다. 대표작 〈모란이 피기까지는〉은 이 무렵 쓴 시다. 1935년에는《영랑시집永郎詩集》을 간행했다. 일제 강점기 말에는 창씨개명과 신사참배를 거부하는 등 일제에 협력하지 않았다. 6 · 25 전쟁 때 서울을 빠져나가지 못하고 은신하다가 파편에 맞아 사망했다.

김광섭

1905년 함경북도 경성에서 태어났다. 일본 와세다 대학 영문과를 졸업하고 중동학교에서 영어 교사로 재직했다. 1927년《해외문학》과 1931년 창간한《문예월간》동인으로 문학 활동을 시작했다. 1933년 극예술연구회에 참가했고, 여기서 서항석, 함대훈, 모윤숙, 노천명 등과 사귀었으며 1938년에 첫 시집인《동경》을 펴냈다. 1965년 야구 경기 관람 도중 뇌출혈로 쓰러진 이후에도 계속 창작 활동을 하여 그의 대표작인 〈성북동 비둘기〉를 발표했다.

임화

1908년 서울에서 태어났다. 보성중학교를 중퇴했다. 잡지 《학예사》 주간을 거쳐 1926년 조선 프롤레타리아예술가동맹(카프)에 가입한 이래 조직 활동에서 줄곧 중추적 역할을 했다. 1932년 김남천 등과 함께 키프의 제2차 방향 전환을 주도한 후 서기장이 되었으며, 1935년에는 카프 해소파의 주류를 형성, 카프 해산을 관철시키기도 했다. 〈우리 오빠와 화로〉, 〈우산 받은 요코하마의 부두〉, 〈네거리의 순이〉와 같은 단편 서사시 계열의 시를 발표하며, 대표적인 경향파 시인으로 자리를 잡고 카프를 대표하는 작가로 부상했다.

한하운

1920년 함경남도 함주에서 태어났다. 중국 베이징대학 농학원을 졸업한 후 함남 · 경기도청 등에 근무하다가 나병이 재발되어 사직하고 고향에서 치료하다가 1948년에 월남했다. 1949년 제1시집 《한하운 시초詩抄》를 간행하여 나병시인으로서 화제를 낳았다. 이어 제2시집 《보리피리》를 간행하고, 1956년 《한하운시전집》을 출간했다. 자신의 천형天刑의 병고를 구슬프게 읊은 그의 시는 애조 띤 가락으로 하여 많은 사람의 심금을 울렸다.

윤심덕

1897년 평안남도 평양에서 태어났다. 1918년 경성여고보 사범과를 졸업하고 강원도 원주공립보통학교 교사로 근무하다가 조선 총독부의 관비생으로 일본 도쿄음악학교에 유학, 성악을 전공하고 귀국했다. 그 후 경성사범부속학교 음악 교사로 근무하면서 음악회에 출연, 성악가로 명성을 떨쳤다. 1925년 토월회 배우로 활약하기도 했다. 우리나라 최초의 대중 가요로 꼽히는 〈사死의 찬미〉로 큰 인기를 끌었다.

윤극영

1903년 서울에서 태어났다. 경성법학전문학교 중퇴 후, 일본 도쿄 음악학교에서 작곡과 성악을 공부했다. 1923년 소파 방정환, 마해송 등과 함께 색동회를 결성했고, 1924년 동요 단체인 '다리아회'(달리아회)를 조직하여 한국어 동요 보급에 힘썼다. 유명한 동요 〈반달〉을 작사, 작곡하고 〈고드름〉, 〈우산 셋이 나란히〉 등 많은 동요를 작곡했다.

방정환

1899년 서울에서 태어났다. 선린상업학교를 중퇴하고 17세에 조선 총독부 토지조사국에 취직했다가 곧 사직했다. 청년문학단체인 '청년구락부'를 조직하면서 어린이운동에 관심을 보였고, 1920년 일본 도쿄의 도요대학 철학과에 입학. 아동예술과 아동심리학을 연구했다. 1921년 서울로 돌아와 천도교소년회를 만들고 어린이들에 대한 부모의 각성을 촉구하기 위해 전국을 돌며 강연을 했다. 1923년에 한국 최초의 순수 아동 잡지《어린이》를 창간하고 최초의 아동문화운동 단체인 '색동회'를 조직했다.